おれは一万石

尚武の志

千野隆司

双葉文庫

目次

那珂湊
高浜
秋津河岸
霞ヶ浦
北浦
鹿島灘
利根川
小浮村
高岡藩
高岡藩陣屋
飯貝根
酒々井宿
銚子
東金
外川

↑白沢・柳林・阿久津河岸へ
久保田河岸
▲筑波山
下妻藩
鯉川
小貝川
関宿
鬼怒川
牛久
粕壁
野田
取手
柏
流山
三郷
木崎
川口
松戸
白井
江戸川
鎌ヶ谷
萩原村
隅田川
江戸城
行徳
印旛沼
日本橋行徳
新川
小名木川

おもな登場人物

井上正紀……高岡藩井上家世子。
竹腰睦群……美濃今尾藩藩主。正紀の実兄。
山野辺蔵之助……高積見廻り与力で正紀の親友。
植村仁助……正紀の供侍。今尾藩から高岡藩に移籍。
井上正国……高岡藩藩主。尾張藩藩主・徳川宗睦の実弟。
京……正国の娘。正紀の妻。
佐名木源三郎……高岡藩江戸家老。
佐名木源之助……佐名木の嫡男。
濱口屋幸右衛門……深川伊勢崎町の老舗船問屋の主人。
井尻又十郎……高岡藩勘定頭。
青山太平……高岡藩徒士頭。
松平定信……陸奥白河藩藩主。老中首座。
松平信明……吉田藩藩主。老中。老中首座定信の懐刀。
滝川……大奥御年寄。

おれは一万石
尚武の志

前章　大潮の後

一

空は秋晴れ。白鶺鴒がチュンチュンチュンチュンと鳴きながら、並んでいる大店商家の黒い屋根瓦の上を飛んで行った。吹き抜ける風に、微かに水の気配が混じっている。

井上正紀は、家臣の佐名木源之助と植村仁助を伴って、汐留川に架かる芝口橋を南に渡った。

河岸の道では、商家の小僧や人足たちが、木切れや倒木、流されてきた笊や鍋、片方の下駄、樽や泥にまみれた布切れなどを片付けている。土手では転覆した荷船を、人足たちが水に体をつけながら起こしていた。

破損した舟をどかそうと、縄をかけている者たちもいる。陸に乗り上げた舟をどかすのは、容易なことではない。

床上まで来た水はすでに引いているが、戸板を飛ばされたり屋根を剝がされたりした家もあって、その修理をしている者も多かった。傾いた建物の前で、裸足で呆然と立ち尽くしている老爺の姿もあった。

「大潮に野分が重なった。せっかく修理した家が、また壊された者もある。たまらぬでしょう」

「まことに。昨年に続いてのことでございますな」

源之助の言葉に、植村が続けた。どちらも、町の様子に目をやって、ため息をついている。

「建物は無事でも、床上まで水が来たとなると、厄介だな。商いの品を濡らしたり流されたりした者は、途方に暮れるであろう」

正紀も、他人事ではない気持ちで周囲に目をやった。昨日は大潮で、それに合わせたように野分が襲ってきた。江戸の海の水位が一気に上がって、沿岸の町だけでなく、京橋や芝界隈の町にまで水が押し寄せた。

どこからか、建て直しのための槌音も聞こえてくるが、多くの町の者たちは片付けをするのに追われていた。

「滝川様の拝領町屋敷は、どのようになっているでしょうか」

「うむ。何かあったら、すぐにも我らで手当てをいたさねばなるまい」

正紀は、汐留川南河岸の道を西に歩きながら目を凝らした。そこに大奥御年寄滝川の拝領町屋敷がある。船問屋濱口屋の分家に貸していた。

正紀は下総高岡藩一万石井上家の世子である。

大奥で権勢をふるう滝川とは、伯父である尾張藩徳川家の当主宗睦の縁で知り合った。芝二葉町にある滝川の拝領町屋敷は、汐留川河岸の一等地で、その管理を正紀は任されていた。

年に四十両の手数料が得られ、それは藩にとって重要な実入りとなった。当主正国の参勤交代の費えに充てられる。

先月正国は、無事に出府することができた。

もともと藩財政は逼迫していたが、天明の飢饉によって壊滅的な状況となった。高岡藩の領地は利根川沿いにあったが、その護岸工事のための杭さえ用意できないでいた。美濃今尾藩三万石竹腰家の次男に生まれた正紀は、井上家に婿に入って、藩財政の回復に当たってきた。

年貢収入だけでなく、高岡河岸の活性化や、銚子の〆粕商いに関わるなどして、実入りを増やしてきた。滝川の拝領町屋敷の管理も、その中の一つだった。

「おお、無事でございますな」

源之助が言った。安堵の表情になっている。

濱口屋分家では、船頭たちが船着場の修理と片付けをしていたが、店の建物については、床上にまで水は来ていない様子だった。すでに荷運びの商いを始めていた。

「荷船の被害はありませんでした。昨年のこともありますからね、荷船には念入りに縄をかけました」

分家の主人幸次郎が言った。濱口屋の本店は深川仙台堀の北河岸にあって、利根川を中心にした江戸からの遠距離輸送を担っていた。分家はご府内の輸送をもっぱらに行う。この店を出すにあたっては、正紀も力を貸した。

「それは重畳」

一安心だが、芝口橋よりも海に近いあたりは、床上まで水が行ったとか。

「霊岸島や鉄砲洲、築地あたりは、さらに酷いですよ。いまだに、行方知れずの人がいるとか」

幸次郎が、顔を曇らせた。水が引いた後、様子を見に行ってきたらしい。

「様子を見に行きましょう」

「うむ。そうだな」

正紀は、源之助の言葉に頷(うなず)いた。滝川の拝領町屋敷が無事ならば、それでいいとは思わない。

源之助は、高岡藩江戸家老佐名木源三郎(げんざぶろう)の嫡男である。源三郎は正紀が婿に入ったときからの後ろ盾で、知恵を貸してくれた。源之助はまだ部屋住(へやず)みの身で、見聞を広めるために正紀についていた。植村は元今尾藩士で、正紀が婿入りしたときに高岡藩士となった。

源之助は、正紀が学んだ神道無念流(しんとうむねん)戸賀崎(とがざき)道場の弟弟子で、日々腕を上げている。植村は巨漢で膂力(りょりょく)はあるが、剣術の方はからきしだ。しかし正紀に対する忠誠心は強い。

正紀ら三人は、汐留川河岸の道を戻る。難波(なにわ)橋を通り過ぎたところで、植村が対岸に目をやって言った。

「おや、ずいぶん人だかりがありますね」

大きな釜が置かれて、湯気が上がっている。京橋南大坂町(みなみおおざか)のあたりだ。

「あれは、粥(かゆ)か雑炊の炊き出しではないですか」

源之助が言った。目を凝らすと、老若(ろうにゃく)の町の者たちが丼(どんぶり)を手にして何かを啜(すす)っている。被災者に、炊き出しを行っているらしかった。歓声が、対岸にも響いていた。

「あれは、どこの店でやっているのか」

「縮緬問屋の槇原屋さんです。あっしらには、ありがてえことでさあ」

通りかかった職人らしい中年男に正紀が声をかけると、そんな返事が返ってきた。

「しかしあれは、店の覚えをよくするためにやっているだけです。あざとい商人ですよ」

「そうには違いないが、やらないよりはいいのでは」

植村の言葉に、源之助が返した。

西本願寺前を通って、築地界隈に出た。

「これは酷い」

「まことに。家が潰れています。あれでは壊すしかありませぬ」

源之助と植村は嘆息した。廃墟と化した家を片付けている者や、崩れた木材の下から、家財や商いの品を掘り起こしている者もいる。遺体を前にして、泣き崩れている者もいた。

三人はその遺体に、合掌した。

濃い潮のにおいがあたりを包んでいる。海に目をやると穏やかで、正午前の秋の日差しを撥ね返していた。多くの家屋を壊し、水浸しにした荒海の面影は微塵もない。

「これが家々を襲った同じ海とは、信じられぬな」

　正紀の胸中の思いが、声になった。

　鉄砲洲界隈に出た。このあたりの被害も同じようなものだった。稲荷(いなり)の鳥居が、傾きもしないで建っているのが、せめてもの救いだった。被災の痕(あと)が生々しい本殿ではあるが、祈りを捧げている者の姿があった。

　その鳥居に近い表通りでも、水に浸かった建物の片付けをしている商家があった。水に浸かっても、建物は傾いていなかった。しかし店の中は、板材や瓦などが散乱していて、手の付けようがないくらいだった。

　ただここでは、無宿者ふうの男五人が片付けの手伝いをしていた。どうやら舂米(つきごめ)屋らしかった。店の奥に、濡れた米俵が積まれている。

　その男たちの動きが、おかしかった。忙しく動いているようで、実は少しも片付けていない。

「はて」

　それで正紀は気になった。見ていると、男たちはとんでもないことを始めた。積まれていた濡れた俵を、二人で一俵ずつ外へ運び出し始めたのである。

「な、何をするんだ」

中年の主人が、声を上げた。俵を運ぼうとする男の腕を摑もうとすると、残った一人が、肩を摑んで突き倒した。

「こりゃあ、海の水に浸かったものだ、もう売れやしめえ。おれたちが手伝ってやった礼に、貰ってやろうという話じゃねえか」

「とんでもない。これだって売れるんだ。あんたたちには、決めた駄賃を払うんだ。そういう話じゃないか」

主人の声は、悲鳴のようだ。

「何を言いやがる。一日やって百文とは、とんだお笑いぐさだ。それで済むと思っているのか」

やり合っている間にも、他の者たちは持って行ってしまう。

日当百文は、安くない。荷運び人足の日当とほぼ同じである。

春米屋は、濡れた米でも値引きして売るつもりだったに違いなかった。二俵ならば、それなりの値になる。

「盗人め、返せ」

立ち上がった主人は、声を上げた。

「人聞きの悪いことをぬかすな」

無宿者ふうは、春米屋の主人を殴った。主人はもう一度、尻餅をついた。それをよいことに、無宿者ふうは、そのまま逃げ出そうとする。

「待って」

女房と、十二、三とおぼしい倅が無宿者ふうにしがみついたが、蹴飛ばされた。泥濘んだ道に転がった。

「許せぬな」

正紀は、助っ人に入ることにした。遠くから見ている者はいたが、相手が五人の荒くれ者ではどうすることもできない。

駆け寄ろうとしたところで、二十歳前後の身なりのいい侍が現れた。狼藉を働いた無宿者ふうを張り倒した。あっという間のことだった。

「行け」

正紀は、源之助と植村に指図をした。米俵を奪う者たちを、捕まえるように命じたのである。

源之助や植村にしたら、無宿者たちなど、どれほどのものでもない。これらも張り倒した。呻く男たちは、すぐには立ち上がれない。

立ち上がらせたところで、米俵を店に戻させた。

「ありがとうございます」

主人は、正紀ら三人と若侍に礼を言った。

手伝いは、向こうから一日百文ですると言って来たそうな。苦しいところだったから、それでも助かると思って頼んだ。そのときは皆、殊勝だった。

「米俵が奪われずに済んで、まずはよかった」

若侍は言った。五人の無宿者ふうは、現れた土地の岡っ引きに引き渡した。

主人とは、それで別れた。

「ああいう者が、近頃増えています」

岡っ引きに連れられてゆく無宿者ふうを見送りながら、若侍は言った。それなりの旗本家の子弟と窺えた。

「そのようですな」

正紀は応じた。無宿者は、町の破落戸(ごろつき)とは違う。破落戸の身なりは、それなりに見える。垢抜けた者もいた。しかし無宿者は、いずれも薄汚れた身なりをしていた。

月代(さかやき)も伸び放題だ。村では食えず、逃散(ちょうさん)してきた者たちだ。

天明の飢饉は治まったかに見えるが、農村の疲弊はまだ続いている。

「あやつらも、初めからあのような悪党ではなかったと存じます。しかし江戸へ出てきても食う手立てはなく、いつの間にか盗人の真似をするようになったのです」

若侍は男たちを、責めてはいなかった。

「まことに」

正紀も頷いた。高岡藩でも、百姓たちが食えずに一揆を起こしたことがあった。そして思い出した。

「あのような者を更生させる人足寄場が、できたと聞いたが」

寛政二年（一七九〇）二月に、老中首座松平定信が、改革の一つとして、御先手弓頭の長谷川平蔵に命じて石川島に建てた無宿人の収容所である。

「いかにも。しかし昨日の大潮と野分で、建物のあらかたが流されました」

若侍は無念そうな口ぶりだった。

築地や鉄砲洲でも、酷い状態だった。江戸の海に浮かぶ石川島や佃島は、それ以上の被害だったに違いなかった。人足寄場は、できてまだ七か月しか経っていない。

「では、人足たちは」

「二人が亡くなり、一人が行方知れずです」

捜索は続けているが、まず見つからないだろうと付け足した。

「…………」

すぐには言葉も出なかった。ただこの若侍が、人足寄場に関わる者だというのは察せられた。

「建て直したいと存じておりますが、なかなか」

首を振った。

「金子ですな」

常にそれで苦労している正紀だから、すぐに察せられた。今は無宿人百人ほどの規模だと聞いた。その建物の再建となれば、必要な金子は十両や二十両では済まないだろう。

「まあ、そういうことで」

あっさりと認めた。金を集めるたいへんさは、身に染みている。助けてやりたいが、高岡藩のやりくりは、ぎりぎりだった。

やっと軌道に乗ってきたところだ。

「それがしは、下総高岡藩井上家の世子で正紀と申す者でござる」

「私は、長谷川辰蔵(たつぞう)という部屋住みです」

「すると長谷川平蔵殿のご嫡子か」

「さようで」

長谷川平蔵は御先手弓組の頭で、加役として火付盗賊改役を受けていた。人足寄場掛でもあった。松平定信に、人足寄場開設を進言したと聞いている。

「では、これから金策に」

「まあ、そういうことで」

辰蔵はわずかに恥ずかし気な表情になった。

「金は無理だが、できることがあれば力添えをいたしたい」

正紀は言った。出まかせではない。本心だった。

「かたじけない」

それで別れた。長谷川辰蔵は身ごなしに隙のない者で、それなりの剣客だと推察できた。

「気持ちのいい御仁ですね」

源之助が言った。

二

小石川にある浄土宗の無量山伝通院寿経寺は、徳川将軍家の菩提寺の一つである。初代家康公の生母於大の方の遺骨が安置されている。於大の方の法名『伝通院殿』にちなんで、院号を伝通院とされ、代々の将軍から保護を受けてきた。増上寺と寛永寺に並んで江戸の三霊山と呼ばれ、武家だけでなく町人からも広く信仰を集めている。境内には徳川氏ゆかりの女性や夭折した子どもの多くが埋葬されていた。

壮麗な伽藍は、静寂に包まれている。九月の半ばを過ぎて、紅葉した葉が風に舞って、本堂や書院の甍や参道に落ちてきた。掃除は行き届いていて、三日前にあった野分の痕跡は、ここの境内にはなかった。

床の間付きの十八畳の書院の一室で、尾張徳川家の当主宗睦は大奥御年寄滝川と向かい合っていた。部屋には、他に誰もいない。

滝川は将軍家御台所寔子の名代としてやって来ていた。宗睦も滝川も、住職の在正とは昵懇なので、極秘で会うことができた。大奥御年寄としては高岳に次ぐ実力者である滝川と、意見交換をできる場は貴重だった。

天明七年（一七八七）に松平定信が老中に就任する際、大奥では高岳と滝川が反対をした。一方、尾張徳川家を始めとする御三家は、定信を推す側に回った。しかし宗睦は、定信の質素倹約を中心にする政策について、疑問を感じ始めた。囲米にしろ棄捐の令にしろ、成功したとはいえない。

人心を顧みず、命じればそれですべてが動くと考える定信の手法に、宗睦は疑問を持ったのである。実効性を伴わない定信政権は短命だと判断をした宗睦は、与することをやめ、敵対する側に回った。

その姿勢を明確に示したのが、昨年三月の宗睦の実弟井上正国の奏者番辞任だった。尾張一門の者を定信政権から離したのである。

これによって宗睦は、反定信派だった大奥御年寄の高岳や滝川と近づいた。盟友といっていい間柄になったのである。滝川が寔子の名代として城を出た折には、情報交換をすると共に、密談を交わすことがたびたびあった。

予定していた一通りの話を済ませたところで、滝川は気になっていたらしい別の話題を口にした。

「先日は野分と大潮が重なって、海辺の町は水に呑まれた家も多数あったそうな」

憂い顔になっている。そして続けた。

「老中どもは、どのような対処をするのでしょうか」

分かっていることがあったら、聞きたいという眼差しだった。

「口ではいろいろ言っても、身を切るような真似は誰もしないでしょうな」

宗睦は即答した。定信や幕閣を嘲笑う気持ちがどこかにあった。

「まあ、そうでしょうな」

滝川は、分かり切ったことを訊いてしまったという眼差しになって返した。定信らは口先ばかりだ。また形を調えればそれでいいとする一面があって、融通が利かないと感じていた。

昨年起こった尊号一件で、定信は将軍家斉の申し入れを拒絶した。家斉は実父一橋治済に大御所の尊号を与えたがったが、朝廷との関わりの中で定信は首を縦に振らなかった。

定信に理があったが、家斉は怒りを腹に溜めた。その定信の対処の仕方を、宗睦も滝川も杓子定規だと感じていた。

「海辺の町だけではありませぬ。石川島や佃島は、なおさら酷いことになったようです」

「いかにも。人足寄場は、建物が流されたとか」

その知らせは、宗睦も受けていた。

「さしもの長谷川どのも、修復には難渋をしておいでのようです」

人足寄場掛は、旗本の長谷川平蔵だ。

「定信は、力を貸すのではござらぬのか。人足寄場は、あの者の肝煎りでなったものでござる」

「いえいえ。それはありますまい」

滝川は、当たり前のように首を横に振った。

「あやつは、修繕せよと命じるだけでござろうか」

「さようで」

古材を使ってでも建て直し、失った作業道具を手に入れるには三百両はかかる。しかし定信が出したのは、百両と二十俵の米だけだと滝川は言った。

「それでは、身動きが取れぬでしょうな」

「長谷川どのは百両までは用意できそうだとのことですが、残りの百両がどうにもならないとか」

新設にあたって定信が用意した金子は、五百両と米五百俵だった。しかし収容予定三百人の施設を拵えるとなると、それで足りるわけがなかった。長谷川平蔵は寄進を集められるだけ集め、さらに自身は銭相場に手を出して資金を用意した。それが大潮と野分に襲われて、一夜にして廃墟になったと、滝川は告げた。

「となると一年もしないで再び寄進を集めるのは、さしもの長谷川でも難しいわけですな。百両だけでも、よくやったと言わねばなるまい」

天明の飢饉の傷跡は消えぬままだ。その上に棄捐の令で貸し渋りが起こり、江戸の町は金回りの悪い状態が続いていた。商人の財布の紐は固くなっている。

「それにしても、お詳しいですな」

宗睦は驚いた。大奥で暮らす滝川が、人足寄場に並々ならぬ関心を寄せている。

「長谷川どのから、書状が参りました」

「ほう」

ここで宗睦は、滝川の叔母多栄の嫁ぎ先である旗本有馬家が、長谷川家と縁戚関係にあることを知らされた。

「では長谷川とは」

「若い頃からの、知り合いです」

ならば人足寄場に思い入れが深いことも納得がいった。

人足寄場は、無罪の無宿者と、入墨者や敲き刑などの軽罪を犯してその刑の執行を終えた者を収容した。そのまま町に放てば、再び罪を犯す虞のある者を隔離すると共に、授産して更生させる施設として建てられた。

与えられた土地は石川島と佃島の間にある葭沼一万六千三十坪の沮洳地（湿地）だ

った。江戸に近いとはいえ、隔離施設として格好の場所ではあったが、これを整地し建物を造り、更生施設として使えるようにしたのは、長谷川平蔵だった。

「設立できたのは、長谷川どのの並々ならぬご尽力があったればこそです」

「なるほど。定信は命じただけですな。とはいえ、定信のなした施策では、ただ一つまともなものでござった」

無宿者や無法者を、力で押さえつけるだけでは、江戸の治安は守れない。三年を目処に隔離して更生させ、町へ戻す政策は、宗睦も有効だと考えていた。

「まことに」

「ただ百両も足りないと、困りましょうな」

宗睦は、胸に湧いた思いを口にした。

足りないならば、宗睦や滝川が出せば済みそうな話だが、そうはいかない。人足寄場は定信の施策だから、反定信派が関わることはできない。

「はい。このままでは、人足寄場は閉じられることになりましょう」

「改修ができぬからですな」

「それだけでは、ありません。今後人足寄場をどうするか、幕閣の中から様々な意見が出ているようで」

ここからが滝川が伝えたいことだと、宗睦は察した。

「様々な意見とは」

「今回の被災を機に閉鎖をして、かの地を他の用途で使ってはどうかというものです」

「ほう。どのような」

「かの地は孤島とはいえ、江戸の町からは至近の距離にあります。どこかの商人に貸して、倉庫などに使わせた方が実入りがあるとの考えです」

「残せば金がかかるばかりだが、貸せば大きな実入りになるわけだな」

「そうです。人足寄場にかかる費えは、当初見込んだものよりも高額となっています」

「それは定信の見込みが甘かったということではござらぬか」

「さようではありますが、あの御仁は、己のしくじりを認めませせぬ」

「いかにも」

「しかも広大な沮洳地が、長谷川どのの手によって生まれ変わりました。それを横から奪い取ろうという腹です」

滝川は、そこにも腹を立てているらしかった。

「多少の費えはかかっても、長い目で見ればなくてはならぬものとなる。意見を述べた者は、そこが見えぬのでござろう。それで、定信は」

定信は吝（しわ）いが、頭の悪い者だとは感じていない。

「初めは存続としていました。しかし新たにまた金子がかかることになって、気持ちが揺らいでいるようです」

もちろん長谷川は、廃止には反対だ。

「二人でぶつかっています」

「定信と長谷川は、前から不仲ですからな」

本音をいえば、定信は長谷川など使いたくないと思っている。銭相場で儲けて施設を拵えるなど、定信の方針には合わない。しかし使える男だから、解任ができないのだった。

ここで滝川は、きっとした表情になった。気の強さが、顔に表れている。

「わらわは長谷川どのに力を貸して、定信どのとその一派の鼻を明かしてやりたく存じます」

「うむ」

それは面白いと、宗睦は考えた。表立って金を出すことはできないが、裏で力を貸すことはできる。

「閉じようとした人足寄場が、長谷川平蔵の手によって存続となれば、定信の面目(めんぼく)は潰れますな」

　なかなかに小気味よい。

「さよう」

　滝川は、この話なら宗睦は乗ると踏んで伝えてきたのに違いない。滝川の思惑は、長谷川への助力や、人足寄場存続の願いだけではなさそうだ。定信への敵愾心(てきがいしん)が潜んでいる。

「やってみましょうぞ」

　乗り気になった。ただそれを、誰に任せればよいか。そこが肝心だった。誰でもいいというわけにはいかない。

　一門や家中の者に、適当な者がいないか考えた。そして宗睦の頭に、一人の若者の顔が浮かんだ。

「高岡藩の井上正紀に、知恵を絞らせてはいかがであろうか」

　宗睦が言うと、滝川はわが意を得たりといった表情になった。

「はい。わらわもそれを思っていました」

滝川と正紀は、今や昵懇といっていい間柄だった。

第一章　滝川の命

一

長谷川辰蔵と会ったその日、正紀は夕刻になって京の部屋を訪ねた。京は正国の娘で、正紀よりも二つ年上だった。祝言を挙げた直後は、ずいぶんと高飛車な物言いをした。むっとすることもあったが、口にしていることは間違いではなかった。参考になることも多々あった。

二年前に孝姫が生まれて、いくぶん物腰が柔らかくなったが、それでも上からの物言いはまだ続いている。ただ不思議なことに、初めは腹立たしかったことが、いつの間にか慣れてしまった。

今では丁寧に声掛けされると、逆に何かあったのではないかと考えてしまうようになった。

すでに庭の樹木は、紅葉を始めている。日暮れてくると、肌寒くさえ感じるようになった。昨夜の嵐で屋敷の樹木もたくさんの葉を落としたが、今は掃除がされて、すっきりとしていた。

部屋の前に立つと、手をかける前に障子が開かれた。開けたのは侍女だが、立っていたのは孝姫だった。

「ととさま」

と言って両手を前に突き出してきた。抱けと催促をしている。廊下の足音で、正紀だと気がついたらしかった。

近頃はしっかりと歩けるようになった。両足で飛び跳ねることもできる。言葉もはっきりしてきた。

「ととさま」

と初めに呼ばれたときは、驚いた。京が教えたにしても、その成長の早さは、目を瞠るようだ。そして「いやいや」も始まった。

「よしよし」

正紀は高く抱き上げてやる。しばらく遊んでやると孝姫は満足する。侍女が、夕食をとらせるために部屋から連れ出した。

そこで正紀は、野分と大潮に傷ついた町の様子について伝えた。

「滝川さまの拝領町屋敷が無事だったのは何よりですが、海辺の町はたいへんでしたね」

顔を曇らせた。知らない仲ではなかった。京は滝川が内密に江戸を出ようとしたときに、衣服を替える手伝いをした。

「そこでな、長谷川平蔵の嫡子である長谷川辰蔵なる御仁と会った」

長谷川平蔵の嫡子であること、また共に舂米屋の米俵を守った話と、耳にした人足寄場の話をした。

「佃島や石川島は海の中ですから、なおさら酷かったわけですね」

祝言を挙げる前に、鉄砲洲稲荷の境内から見たことがあると付け足した。

「力になりたいのですね」

正紀の気持ちを察したらしかった。

「そうだが、金はない」

何をするにも先立つものが必要なのは、身に染みて分かっている。

「金子がなければ、たとえ一日でも、手伝いに行ってはいかがでしょうか」

人足は大勢いるが、それでも手は足りないだろう。片付けや仮小屋を建てる手伝いができれば、助かるのではないかという意見だ。

言われてみればもっともだ。正紀は翌日、人足寄場へ向かうことにした。それにあたっては、たとえわずかでもできることをしたいと思った。

勘定方の井尻又十郎(いじりまたじゅうろう)に相談した。

「いえ。当家には、他所(よそ)に与える金子も米もございませぬ」

きっぱりと断られた。

「しかしな。困っているときは、相身互い(あいみたがい)というではないか」

嫌な顔をされたが、粘って米一俵を出させた。正国や佐名木からは、事前に「よろしかろう」という言葉を引き出していた。

翌早朝、源之助と植村を伴った正紀は、神田川(かんだ)まで米俵を荷車に積んで行き、船着場から荷を移した舟で人足寄場に向かった。

昨日に引き続き、今日も江戸の海は凪(な)いでいる。鉄砲洲や霊岸島界隈の片付けは、わずかだが進んでいる様子だった。

人足寄場の近くまで来ると、槌音が響いてきた。古材木で仮小屋を建てている。倒れた家屋の片付けをしている者もいた。まともに建物の形を残しているのは、島の高台にある役所だけだった。それも一部、屋根瓦が飛んで崩れかけているところがあった。

「人足用の小屋は、すべて流されたようですね」

源之助が嘆息して言った。

船着場の向こうにある門柱は、傾いている。脇に粗末な小屋が建っていて、それが番所だった。寄棒(よりぼう)を手にした中間(ちゅうげん)が、二人立っていた。

舟を横付けして、植村が名乗りを上げた。長谷川辰蔵に取り次いでほしいと伝えたのである。

しばし待たされたところで、刺子(さしこ)の稽古着姿の辰蔵が、手拭いで汗を拭きながら現れた。人足たちと、作業をしていたのだと察せられた。

「ようこそ、お越しくだされた」

辰蔵は、正紀の顔を見て頭を下げた。持参した一俵の米を、植村が差し出した。

「これはありがたい」

たいそう喜んでくれた。

「父も、今こちらに来ておりまする」

辰蔵は、長谷川平蔵を連れてきた。

盗賊どもに怖れられている火盗改役だから、鬼瓦のような面貌の人物かと思ったが、そうではなかった。目鼻立ちの整った、大身旗本のような穏やかさと品の良さがあった。ただ体つきは、衣服を身に着けていても、鍛え上げられたものだと推量することができた。

「かたじけない。米は大助かりでござる」

長谷川は頭を下げてから、日焼けした顔に笑みを浮かべて言った。

「高岡藩は、内証が苦しいと伺っておりますが、御志は頂戴いたす」

と続けた。

「………」

長谷川とは初対面だ。それがどうして、高岡藩の藩財政について知っているのかと不審に思った。

「ご無礼なことを、申し上げた」

快活に笑った。そして長谷川家は、旗本有馬家と縁戚関係にあることを告げてきた。

滝川とも古い関わりで、高岡藩のことはそこから聞いたのだそうな。

「そうでござったか」

「正紀殿のことも、聞きましたぞ」

いたずらっぽい目を向けた。そういう顔をすると、噂に聞いた強面の長谷川平蔵とは別人のような気がした。また滝川が自分のことを話題にしたというのは、驚きだった。

好意的な眼差しだから、滝川は悪くは言わなかった模様だ。

「寄場内の様子を、まずは見ていただきましょう」

正紀ら三人は、辰蔵に連れられて、寄場内の被害の様子を見て廻ることにした。

「行方知れずとなった者は、まだ見つかりませぬ。無念でござる」

とはいえ、悲しんでばかりはいられない。頭を始めとして、人足一同は復興のための作業を始めた。

人足たちは柿色の仕着せを身に着けている。とはいえ着替えることもできないらしく、すべて薄汚れたままになっていた。

魂消たのは、女の人足もいることだった。男たちに交じって、作業をしている。

「これでもだいぶ片付けたのですが、まだまだです。使えそうな材木は抜き出して、仮小屋を拵えるのに使っています」

瓦礫の山に目をやりながら、辰蔵は言った。

嵐の夜以来、まだ雨は降っていない。夜は地べたに藁を敷いて寝ているが、雨が降ったらそれはできなくなる。

「せめて寝るところは、急いで建てなくてはなりませぬ」

「まことに」

近頃、夜は冷える。

「寝起きする建物ができても、それで終わりではござりませぬ。人足たちには三年をかけて、暮らしてゆくための技を身につけさせなくてはなりませぬ」

「それこそが、人足寄場の役目ですな」

「いかにも。そのための建物も造り、作業のための道具を調えなくては」

「金がかかりますな」

長谷川平蔵は、金策のために島を出て行ったとか。

「ご公儀からの金子では、とても賄いきれませぬ」

ゆくゆくは三百人を入れるつもりだが、まだできて間がないので、今のところは百人ほどだとか。しかし百人が寝る建物や作業場、そして食糧を調えるには、とてつもない費えがかかるはずだった。

崩れた土手に、杭を打ち込んで補修している者がいた。真剣な眼差しだ。ここの場所は、嵐でなくても続けて強い雨が降ったら、崩れそうな状況だと告げられた。

　正紀は杭打ちの男に声をかけた。寄場を守ろうという固い意志を感じたからだ。

「その方は、この寄場に強い思い入れがあるようだな」

「へえ、まあ」

「話してはもらえぬか」

　江戸の町に近いとはいえ、孤島に押し込まれたと感じている者も少なからずいるだろう。にもかかわらず、恨みを持つどころか、守ろうとする気持ちを知りたかった。

「あっしは上州無宿ですが、ここで紙漉きを覚えました」

「ほう」

　逃散して江戸へ出てきたが、仕事もなくひもじくて盗みをし、百敲きの刑を受けてここへ入れられた。別に何かを覚えたいとも思わなかったが、古紙を使った紙漉きをやらされた。

「鼠色の紙だが、雪隠で尻を拭くにはちょうどいい。これで食っていけますぜ」

　いつかは在所から、女房と子どもを呼びたいと言った。明日に希望を持っていた。

「あっしは、髷を結うのに使う元結を拵えていやす。ここを出たら、まずは屋台店から始めますぜ」

と告げた者もいた。

「おや、あの者は」

辰蔵が目を向けた先では、己の片付け仕事を押し付けて、物陰で油を売っている男がいた。

「きさま、何をしている」

温厚そうだった辰蔵の顔が、鬼のようになっていた。しゃがみ込んでいた人足を蹴飛ばし、地べたに転ばした。

「す、すいやせん」

転ばされた人足は、起き上がると頭を下げた。

「精いっぱいにやろうとする者ばかりではありません。ああいう輩もいます。ですがそれを含めて、この場を守っていきたいと思います」

一通り廻った後で、正紀ら三人は片付け作業に汗を流した。人足と一緒に、もっこ担ぎも行った。

「作業は辛くないか」

「面白かあねえですよ。でもね、ここにいたら食えて、手に職もつけられる。在所にいたときよりは、はるかにましですよ」

境遇に不満を持ち怠けようとする者もいるが、満足している者も少なからずいる。辰蔵はまともに働く者には、気さくに声をかけた。ときには笑い声も上がった。

長谷川平蔵が進言して、松平定信が採用した施設だ。

「百人が無宿者のまま市中にいて、昨日の者どものような悪さをすることを思えば、人足寄場があることは大きいですね」

植村が言った。

二

それから数日後、正紀は宗睦を通して芝新馬場にある薩摩藩上屋敷へ呼び出しを受けた。源之助と植村を供にして、示された刻限に、正紀は屋敷に出向いた。

滝川からの呼び出しである。多忙な暮らしをしているから、無駄に時を費やさせるわけにはいかない。待つつもりで出かけた。

将軍家御台所の寔子は島津重豪の娘で、薩摩藩七十七万石は実家だった。寔子の名代として薩摩藩上屋敷を訪れた滝川は、短い間だが話をしたいと正紀に告げてきたのだった。

正紀にしてみれば、滝川に会うのは嫌ではない。

「ただな、あの方は無茶が多い」

依頼されることが、極めて面倒だ。正国のお国入りに紛れて江戸を出る企みのときには、冷や汗をかかせられた。下手をすれば、高岡藩は改易になるところだった。

ただ断ることはできない。滝川は尾張一門の総帥宗睦と手を結ぶ、要人の一人だった。

京から練羊羹を手土産に預けられて、滝川を訪ねた。屋敷は二万二千坪にも及び、壮麗な長屋門だ。話が通っていたので、門内に入るのに手間取ることはなかった。

十二畳の庭に面した部屋で、他に人はいなかった。向かい合って、顔を見合わせる。相変わらず髪は艶やかで、怜悧な表情に見えた。若いとはいえないが、歳を超えた美しさがある。じっと見つめられると、どきりとするくらいだ。

「大潮と野分が重なった後の町の様子は、いかがか」

挨拶の言葉を交わすと、すぐに話はそこへいった。滝川の拝領町屋敷の無事については、すでに使いをやって伝えてある。

先日目にしたままを伝えた。人足寄場についても触れた。

「酷いことになっておりますな」

滝川の表情が厳しくなった。そのまま続けた。

「あれを潰そうと企む者たちがいる」

「まさか」

決めつけるような物言いに正紀は仰天した。滝川は、こういう場面で戯言(たわごと)は口にしない。

「いったい、どなたが」

「幕閣の方々じゃ」

「定信様もですか。自ら御裁可なさったと聞きますが」

もう一度、仰天した。

「続けるには、さらなる金子が必要じゃ。またあの場所は、商人に貸せば大きな実入りとなる」

「しかし意義はあります」

「幕閣には、それよりも目先の金子を尊(とうと)ぶ者がいる。公儀の財政も、潤沢ではないゆえにな」

設立者でもある定信は、人足寄場を維持したいと考えている。しかし金子の面だけで考えれば、負担ばかりが目につく。今日明日、結果が現れるものでもなかった。

「定信様のお気持ちは」

「揺れているらしい。百両と米二十俵を与えたが、それでは足りないと長谷川どのに強く迫られている」

「出すのですか」

　寄場の様子を目の当たりにすれば、その程度の金子で済むとは到底思えない。

「あれは命じさえすれば、下の者はやると考えている。しかし愚かではないから、厳しいとは気づいているようじゃ」

「では」

「追加の支援はいたさぬ。廃止に傾いている」

「長谷川殿の申しようは、もっともでございます。なくしてはなりますまい」

「だとしてもじゃ。定信どのは、長谷川どのを嫌っている」

　滝川は断言した。

「なぜ嫌うのでしょう」

　長谷川平蔵は、行動力のある有能な旗本だ。

「馬が合わぬということであろう。例えば寄場を開くにあたっての、金子の集め方も気に入らぬらしかった」

長谷川は定信が出した金子では開設できないので、銭相場で資金を増やした。定信はそれを卑しいと感じたようだと滝川は告げた。

「しかしそれは、充分な金子が与えられなかったからでございましょう。度量が狭いように存じますが」

「あの者は、吉宗公の孫で、場合によっては公方様になられたかもしれないお生まれじゃ。下々のことは分かるまい」

「はあ」

「それにな、施策を決めるのはあの者たちじゃ」

「いかにも。しかし残そうとお考えになる方は、いないのでしょうか。松平信明様は、動かぬのでしょうか」

信明は老中の中では、先の読める人物だ。政に対する考え方は異なるが、よいものはよいとする眼差しは持っていると感じていた。

「あの御仁は、定信どのに逆らうことはない」

滝川の信明への評価は厳しかった。

他の老中、鳥居忠意や松平乗完などは、廃止でよいという立場だ。授産施設の大切さが分かっていないと、滝川はため息をついた。

「わらわは長谷川どのに力を貸し、人足寄場を残したいと考えておる。それは、宗睦どのも同じじゃ」

どうやら伯父の宗睦と話をした上で言っているらしかった。さらに滝川は、叔母の有馬家が長谷川家と縁戚関係にあることを言い足した。

「平蔵どのとは、幼き頃からの知り合いじゃ」

「なるほど」

そういう関わりがあったのなら、思いは強いに違いない。正紀にしても、人足寄場を残したい気持ちは同じだった。

「そこでじゃ。そなたの力を借りたい」

「…………」

「人足寄場がなくならぬように、働いてもらえぬか」

「はあ」

何を言い出すのかと、息を呑んだ。名に負う火盗改長谷川平蔵が手掛ける施設である。長谷川でも難渋していることに自分が関わるなど、とんでもないことだ。とてつもない話である。

「それがしに、何ができましょう」

見当もつかない。

「そなたには知恵があり、気迫がある」

「いやそれは」

違うと伝えたつもりだが、滝川は正紀を凝視して目をそらさない。冷ややかではない。信頼のこもった眼差しだった。

滝川は、心にもないことは口にしない。これまでの正紀の働きを見て、依頼してきたのは明らかだった。

ただこれまでのことは、追い詰められた高岡藩を守るために、必死でしたことだった。初めから、やろうとしていたわけではない。

此度(こたび)の滝川の依頼は、高岡藩のためではなかった。

「これは、宗睦どのも望んでおられる」

「ううむ」

困った。滝川と宗睦の依頼では断れない。

「喜んで」

と答えるしかないが、しかし……。

「何ができるのでしょう」

同じ問いかけが出てしまった。

「わらわや宗睦どのが絡んでいると明らかになっては、なりませぬ」

それはそうだろう。人足寄場の存続に、政局を絡めるのはまずい。

「そうではありますが」

滝川は、正紀が迷うのにはかまわず言葉を続けた。

「聞くところによると、復興には少なくとも三百両はかかるとか」

公儀からは百両と米二十俵が支給され、長谷川が百両を用意した。あと百両あれば、この場は凌げるのだという。

「百両ですか」

気の遠くなるような話だ。正国の参勤交代の費え四十両を作るのでさえ四苦八苦した。それが百両となると、とんでもない話だった。

「無理でございましょう」

滝川は、高岡藩が四十両を作るためにどれほど苦労をしたか分かっている。拝領町屋敷の差配をさせたのも、それがあったからだ。

「いや、そうではない。これは高岡藩のためではなく、江戸の町のためだからじゃ。力を貸す者はあろう」

「いや」

辰蔵の話では、なかなか難しいということだった。滝川は、そこが分かっていない。

「そなたならばやれる。長谷川どのの倅辰蔵も、力になるであろう」

ここで正紀は、滝川が諸事情を分かった上で言っていると気がついた。人使いが荒いのは、今始まったわけではない。

「閉鎖と決まる前に、事をなさねばならぬ」

廃止か存続か、その決定は年内には決まる。それまでに金策を済ませ、復興の目処をつけなくてはならない。

「いつ頃までにでしょう」

「遅くとも、十一月の中旬くらいまでであろう」

およそ後二月(ふたつき)だ。あまりにも短い。

「これは、そなたへの進物じゃ」

滝川は桐箱に入った落雁(らくがん)を、京と孝姫にと言って正紀に渡した。正紀の返事など聞かない。やるものと決めて話していた。

落雁は、正紀には重い進物だった。

三

薩摩藩上屋敷を出た正紀は練塀（ねりべい）の続く道を歩きながら、供の源之助と植村に、滝川からの依頼の内容について話した。

「それは、宗睦様の命でもあるわけですね」

「もちろんだ」

確認した植村は、塀の向こうの樹木に目をやってため息をついた。

「お二人は、無理を仰（おお）せられますな」

源之助は、不満の顔を隠さずに口にした。そして続けた。

「いくら物入りとはいえ、人足寄場の大切さを踏まえれば、閉じるのはいけませぬ。ですがこれは、高岡藩のお役ではないでしょう」

「いかにも」

「ゆえに藩を挙げてというわけにはまいりませぬ」

「我らだけで、なすわけですね」

源之助の言葉に、植村は返した。

高岡藩は、人足寄場に米一俵を出した。それ以上は何もできない。

「そうだ」

断れない以上、手立てを探らなくてはならない。百両は半端な額ではない。しかも人足寄場の廃止が決まった後になっては、意味がなかった。

一度決めたことを覆（くつがえ）すのは、威信にかかわると考えるから公儀は動かない。特に今回は、一度進めた施策を中止するものだ。それをまた覆すことは、自尊心の強い定信が受け入れるわけがない。

「では、何をいたしましょう」

やるしかないとあきらめて、源之助が訊いてくる。

首を傾げていた植村が、思いつきを口にした。

「富くじでもやりますか」

「米相場や銭相場もありますぞ」

源之助が続けた。

「ううむ」

富くじは寺社が行う。大名家や旗本家が興行に関わるものではなかった。相場については、前に麦で資金を拵えたが、今はその資金がない。

「やるならば、長谷川殿がやるだろう」

金銀銭の三貨相場は、都合よく上下するわけではない。今安値で買えて、一月で都合よく高値になれば幸いだが、その気配がなければ乗るわけにはいかなかった。長谷川はそこも見ているだろう。

あれこれ話したが、適当な案は浮かばなかった。

いつの間にか、筋違御門南の八つ小路に出た。いつものように屋台店や大道芸人が出ていて、大勢の人が行き交っていた。

人だかりがあって、「わあ」と声の上がる一角があった。

「何でしょう」

喧嘩とは違う。どこか高揚した楽し気な雰囲気があった。行ってみることにした。

「賭け相撲ですね」

近くまで来て事情が分かった。地べたに土俵を描いて、力自慢に相撲を取らせる。もちろんただではない。銭を取ってとらせるが、十人勝ち抜いたらいくらと賞金をつける。しかし負けたら、それでおしまい。十人目で負けたら、一文にもならない。

しかし勝負をしてみたい力自慢は、少なからずいるようだ。

「いないか、いないか。出るのは二十文、しかし十人勝ち抜いたら二百文になるよ。二十人なら五百文だ」

七人まで勝ち抜いているのは、職人ふうの三十歳前後の男だ。植村には及ばないが、なかなかの巨漢だ。

「おお、おれがやろう」

応じたのは、二十歳前後の人足ふうで体は一回り小さい。しかし俊敏そうな身ごなしをしていた。胴元らしい男に、二十文を払った。

「やれやれ。木偶の坊を、倒しちまえ」

歓声が上がった。勝ち抜いている方は、ふてぶてしい顔で仁王立ちをしている。上半身には見事な筋肉がついている。不遜な態度に見えて、見物人は気に入らないらしかった。

人足ふうは褌姿になった。互いに向かい合って、蹲踞の姿勢を取った。

「はっけよい」

軍配を持った行司役の男が、声を上げた。二つの体ががしんとぶつかり、地響きが起こった。見物人は固唾を呑む。

がっぷり組むかと思われたが、大きい方が前褌を摑んで横へ振った。相手の足に横から足もかけていたので、人足ふうはあっけなく土俵に転んだ。

「なあんだ」

「いや、すげえじゃないか」

いろいろな声が上がる。負けた方は、一瞬にして二十文を失った。

「我らも、あれをやったことがあるな」

正紀が、まだ今尾藩にいた頃だ。ずいぶん昔のことのように思える。植村が賞金を目前にしていた貧し気な父子の父に挑み負けてしまったため、父子は無事賞金を手にすることができたという出来事があった。

「はい。面白うございました。勝負の後で、勧進元に因縁をつけられましたっけ」

植村も思い出したらしかった。あのときは、源之助を知らなかった。

「出たら、今回は勝てるか」

「もちろんです」

植村は胸を張った。

「しかしこれで百両を稼ぐのは、無理でございましょう」

と続けた。三人は笑った。

「おい、またやるのか」

そこへ北町奉行所高積見廻り与力の山野辺蔵之助が現れた。山野辺は正紀と同い年で、神道無念流戸賀崎道場で幼少から剣技を磨き合った仲である。今では境遇も変わったが、おれおまえの付き合いは続けていた。

山野辺が「また」と言ったのは、賭け相撲に植村が出たとき、その場に山野辺もいたからだ。勧進元に追われ、逃げ出した後で、三人は酒を飲んだ。正紀と山野辺は、互いにまだ部屋住みだった。

山野辺は、町廻りの途中で八つ小路を通りかかった。正紀らに気がつき、声をかけてきたようだ。

正紀は滝川からの依頼について、山野辺に話した。

「なるほど。町方としても、人足寄場がなくなるのは痛いな」

先の野分と大潮で、施設が壊滅状態になったのは知っていた。そうなるかもしれないという話は、一昨日あたりから耳にしていたとか。

「なくなれば、百人の無宿者が江戸の町に放たれることになる」

「いかにも。上つ方には痛くも痒くもなかろうが、町の者は難渋する。食い詰め者が自棄を起こしたら、何をしでかすか知れたものではないからな」

町方にしてみれば、このまま施設を残してほしいのが本音だ。

「それにな、更生して町に出てくれれば、まともに生きられる者たちだ」

寄場に行って、正紀は何人かの人足と話をした。そのときの記憶が頭にある。三年いても、何も変わらない者もいるかもしれないが、それは仕方がない。

「捕らえられて人足寄場に送られたら、三年は閉じ込められる。手に職をつけられるとはいっても、行くまでは何があるか分からない。怖いところだという刷り込みがあれば、無法者の無宿人たちは不埒な真似を控えるだろう」

山野辺が、正紀の言葉に続けた。

「あと百両あれば潰さずに済むのだが、何か稼ぐ手立てはないか」

訊いてみた。水害に遭わなかった商家は、金を出すのではないかという期待があった。

「そうだな」

山野辺は首を傾げた。何かいい知恵があるなら聞きたいと、次の言葉を待った。

「天明の飢饉が治まって間もないし、出しそうなところは、すでに長谷川様が廻っているだろう」

樽屋、奈良屋、喜多村などの町年寄三家は、最初に廻っているはずだと付け足した。

そうなると、正紀の出る幕はない。

「では、何か興行をして稼ぐか」

「直参や大名家の者が、表立って興行をするのはまずかろう」

「まさしく」

こうなると、手立てはすべてなくなったような気がした。

「うまいことを思いついたら知らせろ。力を貸すぞ」

山野辺はそう言い残すと、雑踏の中に姿を消した。

四

その日の夕刻、尾張藩上屋敷へ出向いていた正国が、高岡藩上屋敷へ帰ってきた。

無役になった正国は、尾張藩の相談役といった立場になっている。

一万石の小大名とはいえ、正国は尾張徳川家八代宗勝（むねかつ）の十男だ。尾張一門の中枢にいる。

正紀の亡父勝起（かつおき）は八男で、婿に入った竹腰家は代々尾張徳川家の付家老（つけがろう）の役目に就いていた。正紀は、叔父の家に婿に入ったことになる。

正紀は佐名木と正国の御座所へ行って、昼間薩摩藩上屋敷で滝川から受けた依頼について話した。

「その方、受けたそうだな。宗睦様は、満足なさっておったぞ」

と返してきた。滝川は正紀が去った後、宗睦にやり取りの詳細を伝えたらしかった。

「ははっ」

満足と告げられても、嬉しくはない。かえって気持ちが重くなった。何をすればよいかも分からない状態では、気が重くなるばかりだ。

「力を尽くせ。しっかりやれ」

と言われた。上機嫌だった。正国も、定信を見限っている。一泡吹かせてやりたいという思いもあるようだ。

「あの御仁、懲りずにまた触を出すそうな」

とはいえ、力を貸すとは言わなかった。そして話題が、定信のことになった。

「どのような」

「旗本や御家人らに、倹約と文武の奨励を促すものだ」

「えっ、またですか」

もう何度も出しているではないか、という気持ちだった。

「あまり何度も出ていると、効き目がないように思われますが」

「まったくだ。次第に文言が厳しくなっているが、なかなか叶わぬ」

「倹約にも、限度がありまする。そこらへんがお分かりにならぬのでしょう」

佐名木が渋面を崩さず述べた。

「文武の奨励も、今さらな気がいたします」

お題目ばかり並べていると、正紀は言ったつもりだ。

「ただこの度は、奢侈な暮らしをする者には厳罰を科すらしい。弓馬剣術も、励むさまを明らかにしろと迫るようだ」

正国は、これは宗睦から聞いた話だと付け足した。

「困窮した旗本や御家人では、奢侈な暮らしをする者などおりませぬ。にもかかわらずこのような触が出ると、逆に不満を溜める者も出るでしょうな」

佐名木の言葉だ。

「定信はやり手ではあるが、事が思い通りにいかぬと腹を立てる。触を出すだけでは、どうにもならぬことにいまだ気づかぬ」

正国の言うことはもっともだ。

ただこのやり取りは、正紀にとってはどうでもよいものだった。滝川と宗睦からの依頼が、頭から離れない。

日暮れて京の部屋へ行くと、いつも騒がしい孝姫は眠っていた。その寝顔を見てから、正紀は人足寄場廃止の方向と滝川と宗睦からの依頼について、また定信の新たな触について話をした。

「たいそう、難しいお役目ですね」

京は貰った落雁を手にしつつも、顔を曇らせた。

「ただそれは、滝川さまも宗睦さまも、正紀さまの技量を買っているからだとは存じますが」

「うむ」

「まあな」

それは分かる。だからこそ何とかしたいが、手立てが浮かばない。認められていると言われても、喜ぶ気持ちにはなれない。

いつもならば、何かとてつもないことを言い出す京だが、今回は相槌を打つだけだった。

すると京が、口を開いた。仕方なく正紀は、八つ小路の賭け相撲の話をした。

「それをなさったらよいのでは」

「賭け相撲をか」

いつものことだが、突拍子もない。町の力自慢を集めたところで、本物の力士の相撲と比べれば取るに足らない。大きな金子は動かない。

「いえ、相撲ではありませぬ。剣術大会です」

「何だと」

「定信さまは、文武の奨励をなさった。ならば旗本御家人の子弟の剣術大会をなされぱいい」

「触の意図には沿うにしても、賭けをさせて寺銭を集めるわけにはゆくまい」

百両を稼げなければ、意味がない。

「いえ、賞金は町の大店老舗から集めます。百両の賞金を出したらいかがでしょうか」

それを人足寄場再興のために使うという話だ。

「誰が出るのか。勝った者は、金を寄場ではなく己の懐に入れるであろう」

正紀は出られない。

「人足寄場に関わりのある方で、勝てそうな方はいませぬか」

「さあ」

考えると、すぐに若侍の顔が頭に浮かんだ。長谷川辰蔵である。手合わせをしたわけではないが、身ごなしを見る限りはなかなかの腕前だと感じた。

「その方が勝てばそれに越したことはありませぬが、賞金以外に百両が集められれば、それでもよろしいのでは」

「なるほど」

とは返したが、実行するとなると、越えなくてはならない問題は多そうだった。

「ただ再興のための金子を出せというだけでは、商人は動きますまい。しかし旗本御家人の尚武(しょうぶ)のための大会となれば、評判は高くなり、寄進したことを公にすれば、店の宣伝になりましょう」

「店の名を売り、それが商いに利があると踏んだ商人は、金を出すというわけだな」

「さようで」

京の提案は、極めて曖昧(あいまい)なものだ。今はまだ雲を摑むような話ではあるが、それくらいのことをしなければ、二、三百両の金子は集められないだろう。

検討して、何とかやれる形にできないか。他に手立てがない以上、本気で考えてみることにした。

五

賞金を出す剣術大会の実行について、正紀は直参の子弟の考えを聞いてみたいと考えた。金子が欲しい者だけで、それなりの剣士が集まらなければ意味がない。

実施するならば、想定される問題点を明らかにしておかなくてはならなかった。

そこで正紀は、まず人足寄場に長谷川辰蔵を訪ねた。被災をしてから、辰蔵は毎日石川島に出向いていると話していた。

作業の途中に違いないが、すぐに会うことができた。片付けは、まだまだ終わらない。しかし寝るための仮小屋は、数軒建っていた。

「元の形にするには、人の力だけでなく、金子もいるでしょう。目処は立ちましたか」

「いや、それは」

そこで正紀は、人足寄場復興のために百両を作りたいと考えていることを伝えた。

とはいえ、まだ滝川や宗睦の名は出さない。

「かたじけない話です」

辰蔵は驚きの目を向けたが、正紀が冷やかしで口にしているのではないと察したらしかった。頭を下げた。

「そこでお尋ねをいたしたい」

正紀は百両の賞金を出して、直参の子弟の剣術大会を開催したい旨を伝えた。諸藩の藩士や浪人者は含めない。あくまでも、定信が出した文武奨励の触を踏まえた催しであることを強調した。

「もし大会があるなら、出まするか」

辰蔵は名の知れた中西派一刀流の剣士であった。不躾を詫びた上で問いかけた。

「百両を得られるならば、出まする」

即答だった。

「人足寄場を守ることは、悲願ですゆえ」

剣術の腕前には、自信がある様子だ。

「ただ初めての試みゆえ、拙者の気づかぬ問題もあるやもしれぬ。それについてのお考えがあれば、お聞かせいただけまいか」

これも聞いておきたい。

「今日は父も来ていますので、共に考えてみましょう」

長谷川は、人足寄場掛だけが役目ではない。むしろこれは脇筋の役目だった。だから石川島にはいないことが多いが、今日は幸いいるようだった。

辰蔵は長谷川を連れてきた。片肌脱いでいて、人足と一緒に汗を流していたらしい。

古材に腰掛け、円座になったところで、正紀は剣術大会を催したいと伝えた。

「それは、滝川様や尾張様のご意思でござろうな」

この点には触れないで話したが、正紀の身分については分かっているので長谷川は察したらしかった。正紀は否定しなかった。

「いやいや、ありがたい」

長谷川は頭を下げた。

剣術大会を実施する場合には、何に気をつけておかなくてはならないか正紀は問いかけた。

「そうですな。賞金が出るならば、暮らしに苦しい直参の子弟はこぞって参加するでしょう。しかし清廉潔白を旨とするご老中が、金子が絡む直参の剣術大会を認めるかどうか」

「父が申すように、私も難しいかと思えてきました」

それを聞いただけで、胸中にあった気迫が、半分くらい抜けた気がした。定信は、一筋縄ではいかない人物だ。

「誰がどのような目当てで大会を催すのか。誰でもいいでは、ただの興行になってしまう。元締め役を引き受けてくれる御仁は、おありなのか」

「いや」

まだ具体的なことは、何も考えていなかった。

「また場所はどこでやるのか。木戸銭を取るとなれば、見世物になってしまう」

「確かに」

「直参が出ない浪人者の大会ならばそれでもいいが、それでは尚武の触に沿ったものにはなりませぬな。広く評判にならなければ、金を出す商人もおりますまい」

もっともな話ばかりだった。すぐには言葉が出ない正紀だった。

「ただし、浪人者や諸藩の藩士を含めた大会よりは、金子を集めやすいかもしれませぬな。直参の大会だから、金を出してもいいという金持ちがいないとは限りませぬからな」

しかし金主をどう探すか、審判を誰に頼むかなどの課題もあった。まずは定信に剣術大会を認めさせなくてはならない。そのためには誰が何のために開くのか、どこでやるかを決めなくては話にならないだろう。

「人足寄場存続のためでは、駄目でござろうか」

「無理でござろう」

正紀の提案は、あっさりと退けられた。長谷川は続けた。

「ご老中は、ご威光とか面子とかを何よりも大事になされる」

人足寄場は、定信の肝煎りで公儀の施策として造られた。止めるにしても、金がないからとは口が裂けても言わない。

「もっともらしいわけを口にして、止めるのであろう」

人足寄場存続の有無は、公儀の方針として決める。金が集まらないからではない。

実際は、負担の金子を惜しむとしてもだ。

「となれば、まずは金の出し手を集めることと、大会の許しを得ることが肝要でしょう」

「そうなりますな」

許可は、いきなり老中に求めるのではない。賞金を町人から求める以上、とりあえずは町奉行所へ許可を願うことになる。

「試合に出るわけではないし、興行として私腹を肥やすわけではないゆえ、届け出は井上正紀様のお名でかまわぬのでは」

長谷川の言葉を受け入れることにした。目的は、直参の尚武の志を高めるとする。だが資金の目処が立たない、参加者の目処も立たないでは始まらない。ただ実施するにはどうすればいいのか、そこははっきりした。

帰路、正紀は深川伊勢崎町の廻船問屋濱口屋幸右衛門を訪ねた。滝川の拝領町屋敷を借りて分家として市中の荷運びをする幸次郎の父親だ。定信が命じた廻米の輸送で力を貸し、以後親しい間柄になった。高岡河岸に新しい納屋を建てるときも、手助けをしてもらった。

計画について話をし、意見を訊いた。

「人足寄場を守るのはよいことで、賛同を得られると存じます」

幸右衛門は、まずそう言った。けれども表情は厳しかった。

「それはまだ、ご公儀の許しを得ていないわけですね」

「いかにも」

「ならばご公儀が認めるかどうか分からぬことに、金子を出す者がありましょうや」

自分ならば出さないと告げられた。もっともな話だった。

六

濱口屋を出た正紀は、源之助や植村と共に大川を西へ渡って山野辺を捜した。町の木戸番に、高積見廻りが来たかどうか尋ねてゆく。

半刻（一時間）かかったが、出会うことができた。

「どうした。進展があったか」

浜町河岸にある自身番の奥の部屋を借りて、正紀は剣術大会に関するここまでの流れを山野辺に話した。

「旗本や御家人の子弟による剣術大会は面白い。町の者に見物させるかどうかは別にして、町の評判にはなるだろう」

定信による質素倹約の押し付けばかりが続く中で、江戸の町は暗くなった。居酒屋なども、早々に店を閉めてしまう。

「久々に楽しめる催しになるな」

「そうだ。浪人者の喧嘩剣法でないのがいい」

山野辺と話していると、気持ちが盛り上がった。問題は山積みだが、行う価値はありそうだ。

話を聞いている源之助や植村の表情も、明るくなった。

「ただ町人同士の賭け相撲とは、わけが違うぞ」

「それはそうだ。百両以上の金も動くわけだからな」

と口にしてから、正紀は考えた。だからこそ剣術大会には、参加者が直参という肩書きを持ち、大会がご公儀の許しを得たものという箔をつけなくてはならない。

それでこそ、金が集められる。

「では大会の場所は、どこにするのか」

「いや、それもまだ」

「何も決まっていないのか」

山野辺は、呆れ顔になった。

「それでは許しを得るための届も出せぬではないか」

と続けられた。

ともあれ、動かなくてはならない。資金を作る期限は、定められている。人足寄場の廃止が決まってからでは、滝川や宗睦からの依頼を果たせなかったことになる。

届け出には、実施の日時、元締め役、催しの内容と目的、金主、場所などを記す必要がある。

「実施は、十月末日でよかろう。元締め役は井上正紀でよいのではないか」

と山野辺。これは長谷川にも言われていたので納得した。

「剣術大会の目当ては、ご直参の尚武の志を養うでよろしいのでは」

「それならばいい。老中は文武奨励の触を出したばかりだからな」

源之助の言葉に、山野辺が応じた。

「金主については、催しが決まってから募るでよいのではないか」

「ない以上、仕方があるまい」

正紀にしてみればそこが気になるが、仕方のないところだった。

場所も浮かばない。直参の剣術大会となれば、どこかの河原というわけにはいかないだろう。町の剣術道場を借りるわけにもいかない。流派が絡むと面倒だ。

「井上家の菩提寺ではどうでしょうか」

正紀が迷っていると、植村が言った。

「ああ」

白山丸山の浄心寺である。境内は四千坪あって、広さは充分だ。本堂の改築の際には、正紀は普請奉行を務めた。話くらいは、聞いてもらえると思った。

山野辺と別れた正紀らは、浄心寺へ向かった。

本郷通りを北へ向かう。駒込追分から丸山新道に入ると、右手が鄙びた町屋で左手が武家屋敷となる。人通りも少なくて、紅葉した樹木が目についた。

新築の本堂が、晩秋の光を浴びている。

庫裏の玄関で声をかけると、小坊主はすぐに住職の仲達に伝えた。

「これはこれは、正紀様」

仲達は四十年配で、正紀に対しては愛想がよかった。浄心寺は、高岡藩井上家の菩提寺であるだけでなく、本家浜松藩六万石の井上家や同じ分家の下妻藩一万石井上家の菩提寺でもあった。

すぐに床の間付きの庫裏の一室へ通された。

正紀は仲達に、山野辺と話した剣術大会の趣旨を伝え、境内を会場として使わせてもらえないかと頼んだ。

「はあ」

話を聞き終えた仲達の顔が、曇った。口には出さないが、厄介な話を持ち込まれたと思ったのかもしれない。

「ご公儀のお許しは、まだ出ていないのでございますね」

「これからだ」

「では、ご本家は」

浜松藩井上家のことを言っている。

「それもこれからだ」

聞いた仲達は、ため息をついた。

「お使いいただくかどうかは、そちらが済んでからでございましょう」

乗り気はしないが、反対もしない。公儀や本家の許しが出れば、かまわないという返事だと受け取った。

夜になって、正紀は八丁堀の山野辺の屋敷へ行き再び打ち合わせをした。

「許し次第で浄心寺を使えるならば、届にはそれを書けばよいだろう」

話を聞いた山野辺は、乱暴なことを言った。不許可ならば、もともと使うことはない。

「ではこれで、書類を作ろう」

山野辺の目の前で、正紀は届を書き終えた。

「どうなるか」

「六分四分で駄目だろう。しかし話し合いにはなるのではないか」

正紀の問いに、山野辺は応じた。

ともあれ翌日、北町奉行所へ書類を出すことにした。


書類を出して五日経った。

「そろそろ、何か言ってきそうなものだが」

気を揉んでいたところに、山野辺が高岡藩上屋敷を訪ねてきた。

「やはり、駄目だった」

「そうか」

当てにしてはいなかったが、はっきり不許可だと知らされると気持ちがめげた。

「直参の子弟を、賞金で釣って剣術試合をさせるなど、言語道断だそうな」

山野辺は言った。半ば予期していた返答でもある。

「あの届は、幕閣にも伝えられたのであろうか」

「お奉行は、伝えたようだ。しかしな、充分な話し合いもなされぬままに、却下されたようだ」

「頭の固い方々だな」

「元締め役が井上正紀というのも、よくなかったようだ」

「なるほど。尾張一門では、幕閣どもは気に入らなかったのだな」

定信に、忖度(そんたく)をしたのである。

これでせっかく企画した剣術大会は、頓挫(とんざ)してしまった。

第二章　徳川の臣

一

正紀は剣術大会の許しが町奉行所から得られなかったことを伝えるために、佐名木と共に正国の御座所へ行った。

正国は昼前まで、尾張藩上屋敷に出向いていたが、予定よりも早く引き上げてきた。顔色がよくなかった。

「ちと腹がな」

と話していた。

病らしい病などこれまで罹(かか)ったことはなかったので、正紀や京だけでなく家臣たちも驚いた。その後の様子が気になっていた。

御座所へ入ると、正国は脇息に寄りかかっていた。顔色も、戻ったときほど青白くはないが、とても元に戻ったとは思えなかった。

「具合はいかがでしょうか」

「案ずるな、寝込むほどではない。明日になれば、よくなろう」

「ならばよろしいが」

佐名木も、正国の体調の変化には驚いていた。朝屋敷を出るときは、いつもと変わらなかった。

「用件は、剣術大会の届け出についてじゃな」

正国は、すでに尾張藩で聞いてきた様子だった。許しの届を出したことは、正国と佐名木には伝えていた。

「はあ、駄目でございました」

「そのようだな」

正国は、ため息をついている。戻ってすぐに話さなかったのは、腹の具合がよほど悪かったからに違いない。ただ「案ずるな」と言われた以上、改めてあれこれ言うのは憚られた。

「浄心寺は井上家の菩提寺で申し出たのは正紀様、金主も明らかになっていないとなれば、通らぬでしょう」

佐名木は当然のように口にした。

「老中の中には、やらせてもよいのではないかと言った者がいたらしい」

「さようで」

「公儀の懐は痛まない。尚武の志が高まるならば、それでもよいのではないかという考えだ」

これも、尾張から聞いてきたようだ。

「それはどなたですか」

「松平信明だ」

正国は、今の幕閣について内輪で話題にするときは、敬称をつけない。奏者番にまでなりながら、定信らの政を否定して辞任した過去があるからだ。

「信明様ならば、ありそうですな。しかしあの御仁は、定信様が少しでも首を傾げたら、それでも勧めることはありますまい」

佐名木はさらに言葉を続けた。

「届け出たのが正紀様である以上、尾張藩の息がかかっていると考えたやもしれませぬ」

「それならなおさら、許せぬだろうな」

正国は頷いた。

「となると、届を握り潰せないものにするしかありませぬな」

佐名木の言葉はもっともだが、正紀にはますます障壁が高くなった。背伸びをしても、届きそうにない。

「今のうちに滝川様に、できぬと申し出ましょうか」

正紀は弱気になった。またより差し迫ったところでできないと伝えるのは、不本意だった。

「一度は引き受けながら、何を申すか。武士の言葉に、二言があってはなるまい」

体調の悪さを忘れたような、正国の気合のこもった言葉だった。今さら引くことはできないと告げている。

「はあ」

何であれ、やるしかなさそうだ。断る選択肢はないのだと悟った。

気持ちが激したところで、正国は眩暈がしたらしかった。脇息にしがみついた。

「大丈夫でございまするか」

「案ずるではない。その方は、己のいたすべきことをいたせ」

そう叱られた。

正国の病は、今日明日どうこうというものではなさそうだが、意外に厄介なのかもしれなかった。

正国の御座所から、正紀は佐名木の執務部屋へ移った。そこで正紀は、正国の容態について佐名木に尋ねた。

「今に始まったわけではありませぬが、食欲はあまりないようです」

「何の病なのだ」

「医者は、これまでのお疲れが出たのではないかと話しております」

大坂定番（おおさかじょうばん）の役目を終えて江戸へ戻ると、さして間を置くことなく奏者番の役目を受けた。奏者番は激務だから、その疲れが出たと言われれば、そうかもしれないと思われた。

それから剣術大会について、新たな手立てがないか考えを聞いた。百両を作る他の案があるならばそちらでもいいが、妙案は思い浮かばないようだった。

「とどのつまりは、商人たちに、金子を出してもいいとどこまで思わせられるかでございましょう」

「そうには違いないが」

「剣術大会に出資することで利ありと見なす商人を、まず一人でも二人でも探すことではないでしょうか。一人でも現れれば、そこから考えようとする者が出てくるのでは」

金子の裏付けがあれば、剣士たちも集めやすい。金子と剣士が集まれば場所も得やすいし、幕閣を動かす力になると佐名木は付け足した。

「もっともだ」

それにしても、目についた大店老舗を行き当たりばったりに訪ねても、話に乗るとは感じない。まだ公儀の許しも出ていないとなれば、ますます難しいだろう。

「これまで、人足寄場設立のために助成の金子を出した商人がありましょう。そこを当たってみてはいかがでしょうか」

「そこは、すでに長谷川殿が当たっているはずだ」

さらには求められない。

「ですが出したのは、人足寄場に気持ちがあるということでございましょう」

「それはそうだ」

「剣術大会は、条件が調えば必ず江戸の評判になります。この催しが人足寄場存続の役に立ち、さらに店の名を売ることにもなるのなら、金子を出すのではないでしょうか」

「ううむ」

「初めから、剣術大会は人足寄場のためだと伝えるのです」

「それでは、同じではないか」

「いえ、違います。剣術大会と人足寄場は繋がるものではありませんが、商人によっては面白がります。このまま閉鎖になれば、これまで出した金子も無駄になると伝えてはいかがでしょうか」

「そうだな」

他に案がなければ、それで押すしかなさそうだった。

正紀は源之助と植村を伴って、人足寄場へ行った。

いつの間にか、番人とは顔見知りになった。正紀らの舟が寄ると、すぐに辰蔵を呼びに動いた。

寄場は、少しずつ形を整えてきているが、作業用の道具を得る金子はできていなかった。それがなければ、就業訓練はできない。またこれから寒くなるから、掻い巻きなども必要になるはずだった。

辰蔵が姿を見せたところで、正紀は剣術大会の許しが出なかったことを伝えた。長谷川はいなかった。

「そうでしたか」

話を聞いた辰蔵は、がっかりした様子だった。

「こちらの企みには、まだ甘いところがあったと存ずる」

正紀は正直な気持ちを伝えた。辰蔵も、否定はしなかった。

「そこでだが、これまで人足寄場を造るにあたって、助成の金子を出した者の名を教えていただけぬか」

「そこは、廻っても無駄かと存じまするが」

「まあそうやもしれぬが、此度は剣術大会のためゆえ、当たってみたいと存ずる」

訝し気な表情は消えなかったが、辰蔵は店の名を教えてくれた。京橋南大坂町の槇原屋など大店老舗六軒の名が挙げられた。

二

人足寄場を出た正紀と源之助、植村の三人は、まず人足寄場設立に一番高額の金子を出した槙原屋へ足を向けた。寄進の額を張り出すわけでもないのに、百両だったとか。

「人足寄場の意義を認めた上で、出したそうだ」

源之助と植村に伝えた。辰蔵から聞いた話である。

京橋南大坂町は、汐留川北河岸にある町だ。前の道は何度も通ったことがあるが、気に留めることもないまま今日まで見過ごしていた。縮緬問屋だと、看板を見て初めて知った。

間口七間（約十二・六メートル）で、建物は重厚だった。人の出入りも多く、繁盛しているらしかった。

「ここは、先日の野分と大潮が重なった翌日に、炊き出しをしていた店ではないですか」

「ああ、そうでしたな」

植村の言葉で、源之助も思い出したようだ。

大鍋から湯気が上がって、大勢の人が集まっていた。早い動きで、助かったと口にする者が多かった。

正紀は町の木戸番小屋の中年の番人に、槇原屋について問いかけた。

「繁盛しているお店ですよ。旦那の文右衛門さんはなかなかのやり手で、商いには厳しいとか。でもそれで、親から引き継いだ店を大きくしたと聞いています」

町の月行事なども務めて、旦那衆の一人として人望もあるとか。

「では、かなりの分限者だな」

「それはそうでしょう。本業だけでなく、家作もたくさん持っているようです」

文右衛門は、人足寄場設立にあたっては高額の寄進をした。また災害があると、すぐに炊き出しをする人物だ。話の持って行き方次第では、支援者になるのではないかと正紀は考えた。

正紀は、槇原屋の敷居を跨いだ。供侍を二人連れた正紀の身なりは悪くない。応対した手代は、すぐに主人を呼んだ。

「どのようなご用でございましょうか」

文右衛門は四十代半ばの歳で、下手に出た物言いをした。薄い笑みを浮かべているが、何用かと、警戒している気配もあった。

正紀は、まず身分と名を伝えた上で、直参子弟による剣術大会の催しについて話した。

「なるほど。面白そうな催しでございますな」

聞き終えた文右衛門は返したが、乗り気になった印象はなかった。

「井上家がなさるのでございますか」

気のない問いかけだった。一万石の小大名だ、どれほどのことができるのかと言いたいようだ。

「いや、そうではない。直参の尚武の志を養うためで、元締め役にはしかるべき御仁を立てるつもりである」

それでも、面白くない顔は変わらない。

「井上家がなぜ、定信様の文武奨励に関わりますので」

あからさまに口には出さないが、正紀の目的は支援の金子を出してもらうことだ。

文右衛門はそれを察しているはずだが、得心がいかなければ鐚一文出さないという気配を感じさせた。

そこで正紀は、この催しには人足寄場再興の願いがあることを伝えた。すると文右衛門は、声を上げて笑った。

「井上様は、おかしな方ですな」

「そうであろうか」

腹は立たなかった。無茶を言っているのはこちらだ。

「ならば人足寄場に、金を出せとおっしゃればよろしいのでは」

「いかにもそうだが」

返答に困ったが、ここははっきり言うことにした。

「それでは金子を出すまい」

瞬間あっという表情をしたが、文右衛門はすぐにまた笑った。正紀は、滝川や宗睦の名は出さないが、百両の賞金を人足寄場の復興に使うというこちらの思惑を伝えた。

「井上様は、正直でございますな」

そう言ってから、まじまじと見つめてきた。腹を立てているとは感じないが、こちらを値踏みしている気配だった。

「十両でも二十両でも、出してはもらえぬか」

槇原屋が金子を出したとなれば、次の商家へ行ったときに話を進めやすいだろう。

「さようでございますなあ」

　と小首を傾げてから、問いかけてきた。

「しかし辰蔵様が勝たなければ、どうなさいますので」

　それでは企みが無駄になる。文右衛門はそこを突いてきた。辰蔵がどれほど優れた剣技の持ち主でも、上には上がいるだろう。

「そのときは、仕方がない。あきらめよう」

「それでよろしいので」

　呆れ顔になった。

「いや、賞金の百両以上を集めればよいのであろう」

「二百両、集められますか」

　厳しい眼差しになった。

「集めるつもりでおる」

　怯（ひる）みそうになる気持ちを掻き立てた。もちろん口から出たのは、はったりだった。自信などなかった。

　文右衛門がどう受け取ったかは分からない。

「なるほど、なかなかのお覚悟で」

　感服したという顔をしてみせたが、腹の中はそうではなさそうだった。さらになぜ直接は関係のない高岡藩の正紀が、人足寄場にこだわるのかと尋ねられた。

「ご公儀による囲米や棄捐の令は、うまくいったとは言い難い。しかし人足寄場の設立は、よい。これを閉じては、後世に何も残るまい」

正紀は公儀への不満を口にしたことになるが、文右衛門は大きく頷いた。しかしそれでも気持ちが動いた気配はなかった。

「井上様のお気持ちは、承りました。ですが私どもは、これ以上の金子を出すことはありませぬ」

長谷川様に、何とかしていただくしかないと付け足した。

「そうか」

「あの方は、しぶといお方です」

そうかもしれないとは思うが、自分なりに尽力はしてみなければならなかった。それが滝川や宗睦とした約束だ。

長谷川平蔵に任せた、では終われない。

槇原屋を出た正紀ら三人は、教えられていた次の店へ行った。槇原屋にしろどこにしろ、辰蔵から聞いた店は、災害後の寄進については長谷川の依頼を断った店である。

そう都合よくゆくとは思っていなかった。

山下御門外の、京橋筑波町の山城屋という薪炭問屋である。城の堀に面していて、ここも間口が六間（約十・八メートル）あった。店先に炭俵が高く積まれていた。

「ほう。ご直参の剣術大会でございますか」

初老の主人は、いきなり何を言い出すのかという目を向けてきた。直参であろうが何であろうが、剣術大会に金を出すつもりはないと告げられた。そこで正紀は、人足寄場のためだと打ち明けた。

「そうですねえ」

これで考える様子を見せた。そして口を開いた。二つの要件を調えてもらえるならば、考えてもよいとのことである。

「どのようなものか」

せっかく乗り気になっている。よほどのことでなければ、受け入れる気持ちになった。

「まずは会場に、出した金額と屋号を記した札を立てていただきます。人足寄場は江戸の町のためになりますが、剣術大会は町のためになるわけではありませぬ」

「それはそうだ」

「ならば金子を出す以上、何か商いの役に立たなければなりません」

「当然の話だ。目立つものにいたそう」

「もう一つは、場所でございます。浄心寺では、知らぬ方が多そうでございますな。いっそ寛永寺や増上寺の境内で、できませぬか。それならば、江戸中の評判になりましょう」

「いや、それは」

派手にやりたいのだろうが、将軍家の菩提寺では無理な話だった。

「それが叶いましたら、二十両を出させていただきます」

「ううむ」

これでは、出さないと言われたようなものだ。ぬか喜びだった。

続けて行った三軒目は、日本橋常盤町の呉服屋だった。相手をしたのは、正紀と同じくらいの歳の若旦那だった。

「もう、充分でございましょう」

話を聞いた若旦那は、あっさりと言った。人足寄場復興の話をしても、心を動かす気配はなかった。

残りの三軒も、ほぼ同じようなものだった。

「長谷川平蔵殿が足を運んでも、金子を出さなかったところですからな、仕方がないでしょう」

源之助が言った。他を当たるしかない。どこをどう廻るかは、さらに検討しなくてはならなかった。

三

翌日正紀は、源之助や植村を伴って、下谷練塀小路にある中西道場へ行った。佐名木はこの道場の師範代を知っているというので、紹介状を書いてもらった。

昨日訪ねた槇原屋文右衛門から、長谷川辰蔵で勝てるのかと問われた。相当な腕と見ているが、上には上がいる。剣界の雄である中西道場の師範代から、門弟である辰蔵の剣技について聞いてみたかった。

また金の件は別にして、直参が集まる剣術大会で、どのような剣士がいるのかも聞いておきたかった。参加する剣士の質がそれなりのものでなければ、催しとしては盛り上がらない。

やる以上は、名の知れた剣士を集めたい。それは金子を集める上でも、大事なことだ。

中西道場は門弟三千人、破風造りの豪勢な道場で、剣客ならば知らない者はいない。直参の子弟はもちろん、紹介状を携えた諸藩の勤番侍も門を叩いてくる。

近くに寄ると、掛け声や竹刀のぶつかり合う激しい音が響いてきた。流派は違っても、活気のある剣術道場の前に立つと、正紀は気持ちが浮き立ってくる。源之助も同様らしく、目を輝かせていた。

佐名木からの紹介状があったので、中年の師範代は快く正紀を迎えた。道場からはやや離れた、八畳の簡素な部屋へ通された。

早速、辰蔵の腕前について尋ねた。

「よく稽古をし、工夫もしている。当道場の若手では、一、二の腕前でござろう」

笑顔になって言った。人物や稽古ぶりには、満足している様子だった。

「大きな試合でも臆さぬ。さすがに長谷川家の跡取りでござる」

「なるほど。よいことを伺いました。ところで中西派一刀流では、他流試合は認められているのでござろうか」

ここははっきりさせておかなくてはいけない。中西派一刀流に限らず、他流試合を禁ずる流派は少なくないはずだった。

「認めてはござらぬ。他の流派も同じではなかろうか」

る。

「やはり」

力が抜けた。それでは剣術大会は、たとえ金子の用意ができてもやれないことにな

正紀は気を取り直し、百両の賞金を出す直参の子弟を対象にした剣術大会の実施を考えていることを伝えた。

「なるほど。しかしな、ご公儀より文武奨励の触が出ている折も折でござる。開催について公の許しが出れば、話は別でござろう」

「剣術の試合は、触の意図に適いますな」

「さよう」

師範代は頷いた。それならば、中西派一刀流の代表として長谷川辰蔵が出ることに問題はないと言い足した。

正紀は胸を撫で下ろした。

「では、流派を超えた旗本御家人との試合をした場合、辰蔵殿は勝てるでござろうか」

「勝って驚きはいたさぬが、直参にも優れた剣士がいる。名の知れた剣士だけでなく、隠れた名手もあるでござろう」

「まさしく」

前評判のよい者が、必ず勝つとは限らない。勝敗は時の運もある。

「百両の賞金が出るとなれば、皆が死に物狂いになるのではなかろうか」

「では、多くの剣士が集まりますな」

「いかにも。旗本家でも、家計が火の車というところは少なくないでござろう」

「そうですな」

棄捐の令後の直参の様子を見ているので、正紀にも推量ができた。

「剣術大会をいたすのならば、まずはご公儀の許しを得なくてはなりますまい」

「そうでなければ、優れた剣士が集まらぬわけですな」

ただ金が欲しいだけの、名の知れない流派の剣士だけが集まっても、質の良い剣技を披露することはできない。

「それなりの名人達者が集まってこその、剣術大会でござろう」

師範代の言葉は、同じく剣術を学んだ者として正紀も理解できた。そういう場で百両を得て、閉鎖寸前まで追い込まれた人足寄場を復興させられたら、定信の鼻を明かしたことになるだろう。

「各流派の門弟で抜きん出た腕を持つ者を、挙げていただけぬであろうか。部屋住みの者に限るが、思い当たる限りで」
「そうですな」
　師範代は少しばかり首を傾げてから、次の六人の名を挙げた。
　鏡新明智流　日下部新吾
　直心影流長沼派　大竹真十郎
　馬庭念流　長平助左衛門
　真貫流　和田倉佐平次
　小野派一刀流　富田孫之助
　法神流　猪原伝之丞
「これらの者はまだ若いが、これから各流派を背負ってゆく者ではないかと言われている」
　正紀は一人の名も知らなかった。
「では大会があれば、出てくる面々だと」
「この中で、猪原が千五百石、富田が八百石で御目見の家となる。後の四家は、御目見ではござらぬ」
　四人については、家禄までは知らないという。微禄の家の者も交ざっていると師範代は言い足した。そして続けた。

「猪原は次男とはいえかなり高禄の家の者ゆえ、大会が決まっても出ぬのではなかろうか」

「負けると、家名が傷つくと考えるわけですな」

「まあ。富田も高禄の家の次男だがそこまでではないので、出るやもしれませぬ」

「たとえ百両を得られなくとも、大会で名を成せば、いい婿の口が見つかるかもしれないと」

「いかにも。次三男は、百両だけが目当てではなくなるであろう」

有意義な話を聞くことができた。正紀は礼を告げて、中西派一刀流の道場を引き上げた。

「名の挙がった門弟を、当たってみまするか」

「うむ。二、三当たってみよう」

源之助の誘いに、正紀は頷いた。とはいっても、屋敷の場所は分からない。南八丁堀蜊(あさり)河岸の桃井(もものい)道場へ行った。

桃井道場も、中西派一刀流に劣らない大道場だ。稽古を終えて出てきた十七、八歳の門弟に声をかけ、日下部について尋ねた。

「日下部様の腕は、大したものです。入門して七、八年くらいの者では、十本やって一本も取れませぬ」

二十二歳で、すでに免許皆伝だとか。父は富士見御宝蔵番衆で、三男だとか。だとすると家禄は百俵で、家計は苦しい状況にあるかもしれない。

屋敷の場所を訊くと、浜町河岸に近いあたりだというので、早速出向いた。大名屋敷もあるが、御家人の小屋敷が並んでいる一画もあった。

通りかかった三人に訊いて、ようやく屋敷が分かった。百坪ほどの敷地で、古い建物だった。垣根を直している若侍がいたので、源之助が声をかけた。

若侍が日下部新吾だった。片肌脱ぎで見える体は、鍛え抜かれたものだった。正紀が身分と名を名乗り、直参による剣術大会の実施を考えていることを伝えた。人足寄場については触れず、ご公儀からの触、文武の奨励を踏まえた催しだとした。もちろん百両の賞金についても話した。

「そういう大会があったら、ぜひ出たいです」

即答だった。目を輝かせている。

「百両ですからな」

「いや、一番にならなくともよい。上位になれば、それだけでも目につきまする」

二十二歳となると、婿に出る身としては遅い方だ。そろそろ決めたいと、焦っていたとしてもおかしくはない。正紀が井上家に婿に入ったのは、十七歳のときだった。

次は大竹真十郎が通う、芝西久保江戸見坂にある直心影流長沼道場へ足を向けた。ここでも出てきた門弟に訊くと、大竹の腕前は、若手では抜きん出ているという話だ。歳は十九で、跡取りだそうな。

屋敷は深川油堀の南、一色町に向かい合った場所だった。家禄は七十俵の無役だという。

「深川から芝までとは、ずいぶん遠くまで通ってますね」

「それくらい熱心だということではないか」

植村の疑問に、正紀が答えた。

「ああ、これが大竹の屋敷か」

往来で二人に訊いてやっと分かった。敷地は日下部屋敷よりも狭く、古い建物もどこか傾いている。満足な修理ができないくらい家計が苦しいと、屋敷の様子が伝えていた。

「おや、庭に人がいますね」

植村が言った。庭は畑になっていて、二十歳前後の女が、南瓜の収穫をしていた。

「いきなりで申し訳ないが、真十郎殿にお目にかかりたい」

源之助が、丁寧に庭の女に告げた。女は頭を下げると、縁先まで行って「真十郎」と声をかけた。

どうやら姉らしかった。

待つほどもなく、大竹真十郎が姿を現した。鼻筋の通った美形だ。姉と面差しが似ている。どちらも勝気そうだ。

ここでも正紀は、身分と名を名乗り、賞金百両の剣術大会の話をした。

「出たいですね。賞金の百両は、ありがたい」

大竹も、すぐに返してきた。婿の口を探す必要はないから、どうやら借金があるらしかった。

「返さねばならぬ金子が、あるのでござるな」

「面目ない。棄捐の令後に札差（ふださし）が貸し惜しみを始めて、追い詰められ申した」

苦い顔で言った。そして続けた。

「大会があるならば、命懸けでやりまする」

眦（まなじり）を決した。

「自信はおありか」

「さあ。剣術に励んでまいりましたが、それを発揮する機会はござらなかった」

詳しい事情は分からないが、剣術の腕を上げても、お役には就けない。そして借財が溜まったということらしかった。

微禄の御家人の多くは、暮らしに追われているのかもしれない。並んでいる小屋敷も、庭で野菜を作るなど、豊かそうには見えなかった。

それから長平助左衛門と和田倉佐平次の屋敷も訪ねた。長平は十八歳で、家禄百十石の家の跡取りだった。和田倉は家禄百五十石の家の次男で、二十四歳だった。

「大会があるなら、出たいですな」

二人も同じようなことを口にした。長平は、「金子も欲しいが、腕も試したい」と言った。その気持ちは、正紀も分かった。源之助も、大きく頷いていた。

文武奨励の触を出す以上、修練の成果を試す場を与えることは大切だ。まだ定信の政では、微禄の直参は救われていない。

それも身に染みた正紀だった。

四

「次三男の方は、勝って賞金を得ることだけが目当てではないわけですね」

正紀は剣術大会の進み具合について、京にはその日のうちに伝えている。伝えて意見を聞くことで、頭の中で次の動きをどうするか考えた。今日は、中西道場や桃井道場へ行ったことと、直参の門弟に会ったことを話した。

「そうだ。おれは人足寄場のことしか考えていなかったが」

「剣術大会は、受け取る方によって、別の値打ちが生まれますね」

「そうだな。金子が欲しいだけではない、様々な思いが絡む」

人足寄場を存続させることで、閉鎖に傾いている定信に一泡吹かせたい尾張一門の企みもある。また文武奨励を進めるための手立ての一つにもなる。部屋住みの若い剣士たちに、目指すものを与えることは重要だ。

幕閣は、それを示せていなかった。

「剣術大会を行うにあたって、許しを出すのは定信さまとなりましょう」

「まあ、あの御仁がならぬと言えば、どうにもなるまい」

そこが問題だった。信明はやらせてもよいと考えたらしいが、それだけではどうにもならない。

「定信さまを動かせる方は、いないのでしょうか」

考えてみるが浮かばない。宗睦では、かえって反発するだろう。

「滝川さまでは」

京は言ったが、反定信派の重鎮だから、これも聞き入れられるとは思えなかった。

翌日の昼過ぎになって、朝のうちに尾張藩上屋敷に出かけていた正国が屋敷へ戻ってきた。正国は昨日あたりから、胃の腑の具合もよくなってきたらしかった。

まずはほっとしたが、病がどこかに潜んでいるのではないか。そんなことが、頭の隅に残った。

正紀と佐名木が、御座所に呼ばれた。正国は、宗睦と会ってきたのである。宗睦も体の不調を案じたらしいが、正国はもう完治したと伝えたとか。

「それよりもな」

正国は他のことを言いたいようだ。

「昨日、すべての老中を含めた幕閣の連中が城内で顔合わせをしたそうな」

宗睦のもとには、城内の様々な情報が入ってくる。幕閣の顔合わせなど珍しくもないが、正国がわざわざ口にするくらいだから、人足寄場に関わることだと察せられた。

それならば、早く聞きたかった。

「例の件だが、どうやら廃止でまとまりそうだぞ」

「さようで」

予想はしていたが、思いがけず早い動きだった。

「どうやら長谷川殿が、復興費用の捻出を改めて求めたらしい。人足寄場がいかに江戸の町にとって有用か、訴えた上でな」

そこには、反定信派の旗本たちの署名もあったとか。長谷川は旗本や御家人からの人望は厚い。冷酷な能吏（のうり）である定信とは違う。

「そこで幕閣の一人が声を上げたらしいが、定信はその発言を無視した」

発言したのは、側用人（そばようにん）である美濃大垣（おおがき）藩十万石の戸田氏教（とだうじのり）だったとか。しかしその様子を見て定信に忖度した老中が、廃止を勧めた。

「定信は、その勧めに乗ったらしい」

「廃止を勧めたのは、どなたで」

「鳥居忠意だそうな。あやつは勘定方と組んで、石川島を商人に貸して利を得ようと考えている」

信明は剣術大会の開催について意見を述べたが、今回は何も言わなかった。定信の心中が分かっているから、この件については口出ししない。

「長谷川殿は、戸田様を動かしたのでしょうか」

「おそらくそうであろう。戸田は定信に逆らわないが、歓心を買うような真似はしない」

「定信様は、気に入らない長谷川殿の話に戸田様が乗ったことが、癇に障ったのでしような」

佐名木が口にした。戸田よりも、信明の方が政治家だ。

「それにしても、定信は器が小さい」

正国は決めつけた。

ただ戸田を動かしたのは、さすがに長谷川平蔵だった。長谷川は定信には嫌われているが、尾張一門と近いわけではない。考えを受け入れそうな者がいたら、どの派であろうと話を持ち込む。

「こうなると、急がねばなるまい。ぼやぼやしていてはならぬぞ」

正国は、正紀を見つめて言った。さらに続けた。

「今日はな、部屋には宗睦様だけでなく、睦群や縁故の旗本衆もいた。皆、その方の働きに期待をしておる」

「はあ」

兄の睦群は今尾藩主であるだけでなく、尾張藩の付家老だ。他に旗本衆がいたのなら、尾張一門が背中を押していることになる。とはいえ、共に汗を流そうという者はいない。

ますます重い気分になった。ただもう、引くことはできない。正国はそう告げていた。

正紀は、昨日や一昨日廻った商家や直参たちの声を伝えた。大会実施にあたって、何か知恵があるなら聞いておきたかった。また話すことで、妙案が浮かぶこともあるかもしれない。

「人足寄場のためだけでなく、剣術大会を行う意義はあるな。直参の尚武の志を養うことになり、触の趣旨にも合うではないか」

「まことに。商人も、ご公儀のお墨付きを得ることができれば、返答は変わると存じまする」

「しかしな、定信の気持ちを変えさせることができる者は、思い当たらぬな」

正国は、佐名木の言葉に返した。

「京は、滝川様ではと申しましたが、それでは無理でしょう」

正紀は言った。

「それはそうでござろうが」

ここで佐名木は首を捻(ひね)り、そして続けた。

「上様ならば、聞かざるをえないのでは」

将軍家斉のことを言っていた。

「ううむ。妙案ではあるが、それは難しいぞ」

険しい顔になって正国は言った。佐名木も頷いた。けれどもそこで、正紀は「あっ」と思い至った。

「上様に、滝川様がお願いする手があります」

「それができれば」

無理だろうという顔で、正国は言った。

家斉公を動かすのは、いかにも畏(おそ)れ多い。しかし他に人物はいなかった。

「他に手がなければ、お願いするしかないと存じまするが」

「うむ。まったく無理ではないかもしれぬ」

やや間を置いてから、正国が応じた。考えながら話していた。

「上様は、ご気分で事を進めることがある。尊号一件のこともあるゆえ、定信に対しては不快な気持ちがおありだ。話に乗ってくださるやもしれぬ」

当たってみる価値は、ありそうだった。

ただ滝川には、簡単に会えない。正紀は、文を書くことにした。

これまでの経緯を記し、家斉公の力を借りられるように力添えをしてもらえないかと頼んだ。文は旗本有馬家を通して、滝川のもとへ届けることにした。

五

滝川は有馬家からの書状として、正紀からの文を手にした。長局一の側の自室で文を読み、読み終わったところで燃やした。

滝川の部屋は、仏間兼応接間の八畳、化粧と楽居の間の六畳、部屋子がいる八畳、それに入側二畳という規模だった。これに二階の一間がつく。

間口は三間（約五・四メートル）で、広いとはいえない。しかし大奥には二千人以上の女が暮らす。それでも頂点にいる者しか、使えない部屋だ。雪隠は一室一室についている。部屋子はそれを使えなかった。

大奥女中が暮らす長局は、その名の通り長い一棟を区切って使用した。一の側から四の側まであって、一の側は御年寄、上臈、中臈、中年寄、御客会釈など高級女中が一人一部屋を使った。身分が下がれば部屋は狭くなり、数人で一部屋があてがわれた。

正紀からの文は内密のものなので、部屋子には始末をさせない。万一にでも敵対する御年寄のもとへ渡ったら、極めて面倒なことになる。

文の中身は理解した。

もともと定信の仕置きに逆らうのは、生易しいことでないのは分かっていた。文を読んでいて、正紀がいかに人足寄場の復興のために尽力しているか伝わってきた。

「さすがに、わらわが見込んだ若者じゃ」

と思う。剣術大会を企てていることは、宗睦から伝えられていた。商人や直参の子弟たちの考えも知ることができた。

依頼に応えたいと考えたが、そもそも大奥内では、将軍に直訴することは許されない。それは権力者である御年寄にしても同じだった。

とはいえ、機会がまったくないわけではなかった。どうすればいいか考えた。

御台所寔子付きの滝川は、将軍家斉と二人だけになる機会を得ようと思えば得られた。寔子とは昵懇だから、そのための配慮をしてもらう。もちろん長い時間は無理だが、正紀の依頼を叶えるくらいはできそうだった。

ただ家斉は、気分屋だ。機嫌を損ねたら元も子もなくなる。そこは注意が必要だ。

その日の夕刻、大奥と将軍が執務する中奥を繋ぐ上御鈴廊下の鈴が鳴った。上御鈴廊下は、大奥側では幅一丈六尺余り（約四メートル八十センチ）の大廊下だ。その廊下が、大奥と中奥が接する部分で仕切られている。

仕切っているのが高さ九尺七寸（約二メートル九十一センチ）の大きな杉の戸である。将軍だけが通るための通路だった。その杉の戸は、二間（約三・六メートル）の間を置いて二重になっている。中奥側では男が、大奥側では女が開けた。

御鈴は中奥側の男の家臣が鳴らして、大奥側に知らせた。

家斉の大奥入りは分かっていたから、鈴が鳴る前から、御台所を始めとして打掛姿の御年寄や中臈などが、廊下の両端に侍して御成りを待っていた。

杉戸が開かれるときには、すべての者が平伏をして迎える。将軍は何かの行事や神仏に祈りをするときは裃姿だが、それ以外は着流しだった。

佩刀が中奥の小姓から、女の御坊主に手渡された。

この日は、定信派のお手付き中臈を訪ねたので、滝川は廊下でお迎えをしただけだった。身近に足音を聞いたが、家斉とは目も合わせなかった。ただそれは、特別なことではない。もちろん話などはできなかった。

二日後、寔子への御成りがあった。滝川は事前に、寔子には剣術大会の意義について話していたので、便宜を図ってもらうことができた。

将軍と御台所の寝所は、御鈴廊下を進んだ先の十二畳の御小座敷(おこざしき)となっている。床の間は、九尺幅(約二・七メートル)で奥三尺(約九十センチ)の板畳だ。框(かまち)は黒漆塗り(うるしぬり)で、床柱は檜(ひのき)の糸柾(いとまさ)だった。その御小座敷の奥にあるのが十五畳の蔦(つた)の間で、ここで家斉は寔子の支度(したく)が整うのを待つ。

その間、滝川が相手をできるように、寔子が計らってくれた。話をする間は、蔦の間に他の者は入れない。

こういうことは、これまでにもままあった。あからさまな依頼はしないが、それとなくにおわすのである。それができるからこそ、御年寄は大奥だけでなく徳川家という大きな括りの中で権力者たりえた。ときには寔子や自派の中臈がいるところでも、決定的なことは口にしないまでもにおわすことはあった。

「ご老中様は、文武の奨励をなさったとか。ご直参の方々は、気持ちが引き締まったことでございましょう」

寝しなの白湯を差し出しながら、滝川は言った。さりげない話を装っている。

「…………」

聞いた家斉は、何だという目を向けた。家斉は愚かではない。それを聞いただけで、何か言おうとしていると感じたらしかった。

家斉は滝川だけでなく、他の御年寄の言葉にも耳を傾けた。

「ご直参の子弟を募って、剣術大会を催そうという話があるとか。勝ち残った者には、賞金が出るもので」

「ほう。誰が賞金を出すのか」

白湯を口に含みながら言った。賞金というところに、関心を持ったらしかった。

「江戸の町の者でございまする」

「直参が町の者に剣術を見せて、金子を得るというのか」

渋い顔になった。

「見世物ではございませぬ」

すかさず返した。そこを問われるのは、織り込み済みだった。滝川は続けた。

「金子は見物の代ではございませぬ。寺社への寄進と同じでございます。尚武の志を、示して見せるのです」

あくまでも武家のための催しで、寄進は受けても、町人のためではないことを強調した。見させることがあっても、それは寄進をしたごく一部の者だけだ。また余剰の金子については、人足寄場の再興のために使われると言い添えた。

「人足寄場だと」

「はい。先日の野分で、人足どもの住まう建物は倒壊いたしました」

「なるほど」

家斉はわずかばかり考える様子を見せた。しかしそれについて、何かを口にしたわけではなかった。

「場所はどこか」

いきなり問われて、一瞬迷った。井上家の浄心寺ではまずい。

「無量山伝通院の境内にしたいとのことで」

決まってはいないので、微妙にぼかした。ただそこならば、徳川家ゆかりの寺の一つで、滝川にしても融通が利く。

「なるほど。ならばよいのではないか」

あっさりと答えた。

「ですがご老中様方は、ご反対のようでございます」

「ほう。定信がか」

口元に嗤(わら)いが浮かんだ。

「倹約と文武の奨励をなさいました。腑に落ちぬことでございます」

定信が反対をしているとは言わない。非難もしないが、疑問点として伝えた。

滝川はそれ以上は、この件については触れない。

家斉は、何か考えたらしかった。「定信」の名が、頭に残ったのは間違いない。そこから先は、家斉の胸三寸(むねさんずん)だった。

滝川から話を聞いた翌日、家斉は中奥御座所に定信と信明を呼んだ。紅葉(もみじ)も盛りの庭から、尉鶲(じょうびたき)の鳴き声が聞こえた。

「剣術大会をしたいという願いが出たそうじゃな」

挨拶を受けた後、家斉はあえて不機嫌な口調で言った。

「ははっ」

定信はなぜ知っているのかといった顔をしたが、それは無視した。自分の考えを押し通すつもりだった。

どちらも理屈を盾に、小賢しいところが気に入らない。そう思い始めたのは、尊号一件があったからだ。

家斉の実父一橋治済は、定信の老中就任には力を貸した。家斉は治済に隠居した将軍に与える大御所の尊号を与えたいと考えたが、定信は反対した。それは朝廷にも同じような問題が起こっていて、それを受け入れないためだが、家斉は根に持った。

家斉は、恨みを忘れない質だった。

「なぜ、認めぬのか」

「金子が絡みまする。しかもそれは、町人に出させるものでして」

「何を申すか。寄進の金子であろう。寺社に対するように、尚武の志に対するものならば、受け取るに何の憚りがあろうや」

「いや」

定信は、申請をした者が高岡藩の井上正紀で、場所も浄心寺だったと伝えた。

「何を申す。場所は無量山伝通院境内だと聞いた。また井上とて、徳川の臣ではないか」

正紀のことははっきりとは覚えていない。しかし井上正国の養子だとは分かっていた。正国が奏者番を辞したことについては、今でも惜しかったという気持ちがあった。

「その方は、どう思うか」

家斉は、信明に問いかけた。信明は、定信にちらと目をやったが、答えられなかった。

「再び願いが出されましたならば、慎重に検討したいと存じます」

定信は、深々と頭を下げた。

六

正紀のもとへ、兄の睦群から呼び出しがあった。正紀は、赤坂にある実家の今尾藩上屋敷へ急いだ。

正紀と源之助、植村の三人が門前に立つと、門番は黙っていても門扉を開いた。

「剣術大会だが、上様が動いたぞ」

正紀と向かい合って座った睦群は、挨拶もそこそこにそう言った。興奮気味の口調だった。

剣術大会については、宗睦と睦群には逐一報告をしていた。

「まことに」

「定信を頷かせたようだ」

　魂消た。期待はしていたが、本当に将軍が小大名家の世子の届け出について、背を押すような行動を取るのは難しいと思っていた。

「では滝川様が」

「そういうことだ」

「さすがですね」

　自分が出した依頼の文を、滝川が受けてくれたのが嬉しかった。滝川とて、将軍に願いごとをするのは、容易(たやす)いとは思えない。

「ともあれ、もう一度剣術大会の許しを得る届を出せ」

　睦群は、それを伝えるために呼び出したのだ。睦群にこの件を伝えたのは宗睦で、発破(はっぱ)をかけている。

「それともう一つあるぞ」

「はあ」

「人足寄場廃止については、金子の算段ができぬ以上、正式に決まることになる。その決定が、十一月中になるらしい」

「ということは、来月末までには大会を済ませ、人足寄場復興の金子集めを終えなくてはならないわけですね」

年内となっていた話が、ますます慌ただしくなった。いよいよ追い詰められた気持ちになった。将軍が動いたとはいっても、それはまだ端緒が開かれただけに過ぎない。

「ともあれ、届の書類を作ります」

まずはこれを急がなくてはならない。

「それだが、大会の場所と元締め役については、前とは別にしろ」

正紀でない方が、定信が受け入れやすいという判断だ。断られる要素を、あらかじめ潰しておく。

「はい。しかしどなたが」

ここは意見を貫いたかった。紹介状など書いてもらえればありがたい。

「場所は、小石川の無量山伝通院といたせ。住職は滝川様と昵懇ゆえ、得心さえすれば使わせるだろう」

そして睦群は、一通の書状を差し出した。

「これは」

滝川から伝通院住職の在正に宛てたものだった。それを持っていけば、話し合いができると睦群は言った。

滝川から、宗睦を経由して届けられたのだ。

「伝通院で受け入れられたら、すぐに長谷川殿に伝えるがいい。あの御仁は、町屋にも直参衆にも人望がある」

人足寄場復興のためだから、共に力を尽くすだろうと言い足した。


正紀は、今尾藩上屋敷から小石川の無量山伝通院へ向かった。歩きながら、源之助と植村に、睦群とのやり取りを伝えた。

「動き出しましたね」

「滝川様のお陰で、話が大きくなりました」

源之助と植村は目を輝かした。

境内の杜は、数日前と比べて紅葉が進んでいた。森閑としていて、さしたる風もないのに、足元に枯れ葉が舞い落ちてきた。

老夫婦や武家の参拝客が、ちらほらと見えた。

正紀は庫裏へ行って、現れた若い僧侶に滝川からの書状を差し出し、住職在正への面会を求めた。

滝川の書状の効果は、てきめんだった。庭に面した床の間付きの十二畳の部屋へ通され、茶菓が振る舞われた。

待つほどもなく、在正が現れた。中年の恰幅のいい男で、膚に艶があった。堂々としていて、やり手だという印象を正紀は持った。

「滝川様からの書状では、井上様の話を聞いて、力添えをしてほしいとござった。どのようなお話か、お聞かせいただきましょう」

「されば」

正紀は、剣術大会を行う趣旨を伝えた。参加者は直参の子弟のみ。建前は定信の「文武奨励の触」を受けたものだが、人足寄場復興のための資金集めでもあることを伝えた。大会の勝者には、百両の賞金を出すことも伝えた。

さらに将軍家も、この催しには賛同をしている旨を言い添えた。

「なるほど。尚武の志を養うには、適した催しでございますな」

話を聞いた在正は、大きく頷いた。滝川の文があって、将軍家斉が賛同していると聞かされれば、将軍家菩提寺の一つである無量山伝通院としては断れないだろう。

「それで剣術大会は、いつをお考えでしょうか」

この言葉で、大会を受け入れる気持ちらしいことは見て取れた。ただ寺には寺の事情があるから、日にちは調整したいということだと受け取った。

大会の当日と準備の前日は、二日続きで境内や施設を使わせてもらわなくてはならない。

寛政二年十月は小の月で、大会は月末の二十九日とし二十八日を準備の日としたい旨を正紀は伝えた。

「雨の場合は、いかがなされるか」

「戦は、雨であろうと行われまする」

「なるほど。当寺としては、支障はございませぬ」

雨天決行として、十月二十九日となった。参加申し込みは近々に決めるとして、日にちの調整はできた。

「して、当寺へのご寄進だが」

躊躇う気配もなく、在正は口にした。当然といった顔で、いかほど出すのかと問いかけていた。

「それは」

露骨な態度に驚いたが、顔には出さないようにした。せっかく力を貸そうとしている相手である。また伝通院境内を使えることは、大会に箔がつく。寄進も集めやすいだろう。

ともあれ在正は、善意と共感だけで場所を貸すのではないと知った。滝川の文も、そこまでは触れていなかったようだ。

一歩先へ進んだが、また新たな問題が起こった。

けれども金子の絡む催しで、これほどの大寺を使わせてもらうのならば仕方がない気もした。正紀は腹を決めた。

「では、いかほどを」

「そうですな」

在正はわずかに思案するふうを見せてから、指を一本立てた。目は、妥当な額ではないかと告げている。

「一両か十両か」

一瞬正紀はそう考えたが、そうではないと察した。

「では百両か」

胸の内で呟いた。高岡藩では、十両を稼ぐのにも四苦八苦した。それを思えば、みすみす百両支払うのも口惜しい気がした。しかし将軍家ゆかりの伝通院を使えるのは、大きかった。

「承知いたした。百両の寄進をさせていただきまする」

二百両を集める腹を決めた。長谷川辰蔵には、何としても勝ち抜いてもらわねばならない。

「うむ」

在正は満足そうに頷いたが、正紀は言い足した。

「一つ、お願いがござる」

「何か」

「百両の寄進をいたします。そこでこの剣術大会の元締め役を、ご住職在正殿の名で進めさせていただきたく存ずる」

ここは引くつもりはなかった。これも百両のうち、という気持ちだった。

「あい分かった、それでよろしかろう」

渋るかと思ったが、それはなかった。在正は、寄進の百両を手に入れるだけではない。家斉や滝川にいい顔ができる。これは大きいはずだ。金子には替えられないだろう。

「ではそれで」

話はまとまった。

これで大会は、井上正紀が浄心寺でやる催しではなくなった。早速正紀は、在正の助言を得ながら大会の届を拵え、今度は寺社奉行に出した。

第三章　賞金集め

一

晩秋の落日は早い。正紀が小石川の伝通院を出たときには、すでに夕暮れどきになっていた。西空が、朱色に染まっている。

正紀は、源之助と植村を伴って深川の長谷川平蔵の屋敷を訪ねた。平蔵と辰蔵に、無量山伝通院住職在正の協力を得られるまでの詳細と、寺社奉行へ剣術大会許可の届を出した顚末を伝えた。

「さすがですな、井上殿。滝川様を動かし、伝通院住職在正殿を味方にしたのは大きい」

「将軍家のご威光もありますが、そこまで持ってゆくのは誰にでもできることではありませぬ」

話を聞いた長谷川と辰蔵は、正紀の労をねぎらった。

「いや滝川様が、上様を動かしたのが大きいです」

「言い返せなかったご老中のその折の顔を、見たかったですな」

少しいたずらっぽい目になって、長谷川は言った。

長谷川は、ただ命じるだけで吝い定信とは、これまでにもいろいろあったと聞いている。今もせっかくの人足寄場が、廃止の瀬戸際に立たされていた。定信は人足寄場開設のために長谷川がした具体的な尽力の数々を知らない。命じただけだ。

「かくなる上は、大会が無事済むよう細かなことを押さえていきましょうぞ」

となった。

決まっているのは賞金百両と場所が伝通院境内で、元締め役が住職在正。日にちがほぼ一月後の十月二十九日ということだけだ。その間に、伝通院への寄進の百両も調えなくてはならない。

「金子については、賞金と合わせて二百両だが、それでは済まぬでしょう。辰蔵が勝てるとは限りませぬゆえな」

これは長谷川の言葉だったが、含んでおかなくてはならない。

「となると他に、さらに百両が入用となります。この他に、会場を整えるための費えもかかりましょう」

源之助が言った。そうなると、三百両以上が手元になくてはならなくなる。

「それはたいへんだ」

植村が声を上げた。源之助も、不安げな目をしていた。

ただ今さら後へは引けないのは確かだ。人足寄場復興も大きいが、滝川や宗睦、尾張一門の者たちの目が、剣術大会の行方に向けられている。

「まずなさねばならぬことが、二つありますな」

正紀が告げた。一つは資金集めだ。これをしなければ、賞金も伝通院への寄進もできない。

前の計画とは違うから、金子は集めやすくなっていると期待する。しかし三百両は、さすがに厳しかった。

「大きなところから、改めて廻りましょう」

前に辰蔵から聞いて名の挙がった商家を、もう一度廻り直すことにする。

「ならばそれがしも、廻りまする」

辰蔵が言ったが、それは考えものだった。

「試合に出る辰蔵殿が表立って廻るのは、いかがなものでしょうか」

源之助が口にした。それは長谷川にしても、同じだった。

となると金策に動くのは、正紀と源之助、植村となる。これは覚悟を決めるしかなかった。

「他のことは、いたす所存」

辰蔵は言った。

懸案は、もう一つあった。

「大会に出る者を、どう募るかです」

「うむ。誰でも百両は欲しいでしょうからな。腕に覚えのある者は、出ようとするでしょう」

正紀の言葉に、長谷川が返した。

「百人以上も集まったら、たいへんなことになるのでは」

源之助の疑問は当然だ。そうなれば一日では済まないし、凡戦ばかりが続く虞(おそれ)もあった。

「その場合には、事前に試合をさせ、参加の者を絞らねばなりませぬ」

「それはそうだが、事前の試合で負けてしまえば、直参としての面目は潰れる。そうは増えないのではないか」

正紀の危惧に、長谷川は応じた。

「では、所属する道場から一人のみ、師範の推薦状がある者のみ受け付けるということでは」

誰でも出場できるのではないとなれば、大会の権威付けにもなると正紀は考えた。

「それでよいのでは。さすれば、せいぜい三、四十人でござろう」

大会に出ることを、禁ずる流派もあるだろう。衆目の大会で、初戦で負けては看板に傷がつく。

「得物は、どういたしましょう」

「木刀でよかろう」

長谷川の返事に、他の者は頷いた。一本勝負で、寸止めとは定めない。戦での戦いを前提とするならば、それでよいという一同の判断だった。

「では、大会をどう知らせたらよいでしょうか」

一人一人に声をかけるわけにはいかない。

「それは世話のないことでござる。江戸の繁華な場所に、要点を記した高札を立てればよい」

　あっさりとした長谷川の言葉だった。

「それは我らで用意し、立てることにいたしまする」

　辰蔵が続けた。高札を作るのは寄場の人足たちで、立てるのは御先手弓組の者が行う。人手を割けば一日でできそうだった。

　すでに今日は、九月の末日になっていた。作業は急がなくてはならない。届の許しが出次第、伝通院へ行って在正に会い、申し込みの日を決める。

　さらに見物をどうするか話し合った。

「大名や旗本衆は、尚武を掲げる以上、望まれれば見せないわけにはいかないでしょう」

「町人はなしでも」

「いや。寄進をした町人には、見せぬわけにはいきますまい」

　植村の言葉を、長谷川が却下した。

「そうですな。木戸銭を取って見せることはしないにしても、金子を出した商人には、席を用意いたしましょう」

　正紀は応じた。

「それだけでは、まずいぞ」

と長谷川。金子を出すのは、店の益になると考えるからだ。

「さようですね。金子を出した者には、祭礼のときのように木看板を立て、名と屋号を書いて、山門前に掲示するといたしましょう」

前に正紀が商人を廻ったとき、そういうことを口にした者がいた。

「町の評判を煽(あお)るのも、大切ですね。評判がよければ、金を出そうという者も増えるでしょう」

これは植村の意見だった。

「参加者と試合の結果については、山門前に大看板を立てて知らせてはどうでしょうか。これは誰にでも見られるようにします」

「それでよかろう」

源之助の言葉に、正紀は頷いた。こうした作業は、長谷川家で行う。

大まかなところの内容は決まったので、明日から正紀らは寄進集めをする。

二

四日後の昼下がり、伝通院の寺侍が在正の使いとして、高岡藩上屋敷の正紀のもとへやって来た。寺社奉行から、剣術大会を許すという知らせが届いたことを伝えてきたのである。

「ずいぶんと、早いな」

話を聞いた正国が言った。通常なら、もっと日にちがかかるはずだ。

「滝川様が、急がせたのでしょうか」

届を出したことは、有馬家を通して伝えていた。

「そうであろう。でなければ、これほど早く動くわけがない」

正国は頷いた。滝川は押し付けるだけでなく、城内でできることは力を貸してくれている。それを実感できたのが嬉しかった。正紀は腹に力が入った。

「これで正式に、剣術大会を開くことが決まりました」

「うむ。抜かるな」

それで正紀は、小石川の伝通院へ向かった。出場の申込日をいつにするか、在正と打ち合わせなくてはならない。

「いよいよでございますな」

歩きながら、植村が言った。源之助も喜んでいるが、緊張もあった。金を集めなくてはならないし、参加者がどれほど集まるかも気になるらしかった。

「充分に周知を図った上で、募りましょう」

「うむ。一月もないが、できるだけ先がよかろう」

在正と会って、申込日を決めた。

「二十日ならば、何もござりませぬ」

「では、それでまいろう」

正紀はこのことを辰蔵へ知らせるために、植村を人足寄場に向かわせた。寄場ではすでに、二十枚ほどの高札を仕上げていた。申込日だけが空欄になっていて、ここが埋まれば御先手弓組の者が立てて廻る。

伝通院を出ると、植村は走って行った。

正紀はこれから、源之助と商家を廻る。要領を分かりやすく書面にして、それを見せる。廻るところは前に断られたが、条件さえ整えば寄進をするだろうと考えたところだ。

まずは京橋南大坂町の縮緬問屋槇原屋文右衛門を訪ねた。前には断られたが、今は状況が変わった。

それなりの寄進が得られると考えた。

「二、三十両くらいいけたら、ありがたいですが」

源之助は、己を励ますように言った。

主人の文右衛門は、正紀を覚えていた。会うのには手間取らなかった。要領を記した紙を示して、寄進を依頼した。

「ほう。伝通院でなさいますか。しかもご住職の在正様の名で。さすがはお大名家のお世継ぎ様でございますな」

下手に出たまま、大仰に褒めた。

「おや」

こういうときは、怪しい。商人に褒められたときは、一応疑う。それがこれまでの高岡藩の金策で正紀が身につけた感覚だった。

「ご直参の腕自慢の方が、集まるのでしょうね」

「もちろんだ」

「それで寄進した者は、その試合を見物できるのでしょうか」

「寄進をした者に、見せぬということはない。ただ見世物ではないのでな、一軒に一人となろう」

その件は、まだ在正や長谷川とは話していなかった。ただ高額の寄進をしたからといって、大勢の見物を許すのは、趣旨に合わない気がした。

「さようで」

感情を見せない返答だ。

「何であれ、知らぬふりはできますまい。三両とさせていただきます」

文右衛門は手を叩いて、番頭を呼んだ。正紀の反応など気にも留めないで、金子の用意をさせた。

「やはりそうか」

ため息が出た。最初に感じた気配は、当たっていた。

失望が顔に出たのが、文右衛門にも伝わったようだ。改まった口調になって言った。

「大会が目指すものは、尚武でございましょう。商いではないと存じます」

優れた剣術の試合を見たい町人は、少なからずいる。そうした顧客を招待できるならば、店としては金子を出した意味がある。しかしそうでないならば、商いの旨味(うまみ)は少ないと判断したに違いなかった。

「寄進者の名は、伝通院山門の前に張り出すぞ」

「ありがたいことでございます。ただそれを、どれほどの方が目にするでしょう」

大勢が見なければ、金子を出した意味がないという話だった。

「なるほど」

これが商人というものだと、正紀は納得した。それでも文右衛門は三両を出してくれた。

「かたじけない」

正紀は、ありがたく受け取ることにした。

「何かありましたら、またお越しくださいませ」

それで正紀と源之助は、槇原屋を出た。

「商人とは、ああいうものでしょうか」

「そうだな。槇原屋が繁盛をしているのは、あの主人の手腕であろう」

正紀の感想だった。

「次は、どうでしょうか」

二人が足を向けたのは、京橋筑波町の薪炭問屋山城屋である。ここの老主人は、浄心寺では駄目だと言った。増上寺や寛永寺でやれないかと告げた人物である。伝通院ならば、望みに近づいたことになる。過分な期待はできないが、槇原屋よりはましな反応があってほしかった。

「なるほど、伝通院でございますか。ご公儀も認めたわけでございますね」

「そうだ。名門の手練れが集まるからな、評判になるぞ」

「さすがでございますな」

愛想笑いを崩さず、そのまま続けた。

「ならば私どもが出さなくとも、寄進は集まりましょう」

「………………」

「もちろん、私どもも精いっぱいのことをさせていただきます」

親身な口調で言った。よくもそのような顔ができるなと感心するほど好意的な表情である。

しかし出した金子は、二両だった。

商人の表情と腹の中は、まったく違う。それでも、前に来たときよりはましだった。

三軒目の店に行った。日本橋常盤町の呉服屋だ。今日も相手をしたのは若旦那だった。前回は、あっさりと断られた。

「ほう。場所は伝通院で、ご住職が元締め役ですか。ならば会場には、お大名様やお旗本の方々が見えますすな」

「そうなるであろう。文武奨励の触が出ている折も折だからな」

確信はないが、そう答えておく。寄進した者は、名を記した看板を立てると、前に伝えたことを繰り返した。

「畏まりました。ちと相談をしてまいります」

若旦那は奥へ引き下がった。主人に、相談に行ったらしかった。

これまでとは、異なる反応だ。正紀は源之助と顔を見合わせた。

「二十両、出させていただきましょう」

戻ってきた若旦那は、そう言った。あっさりしていた。小躍りしたい気持ちを、抑えた。

次に行った老舗の雑穀問屋は、

「お武家様の催しに関わるつもりはございません」

にこりともしないまま、丁寧に頭を下げた。一両の寄進もなかった。

夕暮れどきになるまで、前に廻った商家を一通り廻った。得られた寄進は、しめて二十九両だった。

「当てが外れましたね」

源之助は肩を落とした。

「それはそうだが」

正紀の考えはやや違った。思ったことを口にした。

「確かに望んだ額よりは少ないが、前は一両も得られなかった。それを踏まえれば、二十九両は、なかなかなのではないか」

当ては外れても、正紀は負けた気持ちにはなっていなかった。

「そう考えれば、そうですね」

源之助の表情も、それでわずかに変わった。気を持ち直したのかもしれない。

そして下谷広小路の屋敷へ帰る途中で、日本橋の高札場の前を通りかかった。新しく立てられた高札の前に、人が集まっている。

御先手弓組の者たちが立てた、剣術大会を知らせるものだ。集まっているのは、武家と町人が半々だった。

四人の道具箱を抱えた職人ふうが、高札を見上げながら声高に喋っている。

「すげえじゃねえか。百両なんて」

「でもよ、それこそ凄腕ばかりが集まるんだろ」

「そりゃあそうだ」

「ならば命懸けだぜ」

「試合を、見てみてえな」

職人ふうは、勝手なことを言い合っている。しかしそれが町の者の受け取り方だと正紀は思った。侍たちは、声高に何かを言うわけではなかった。

そんな中で、身なりのいい若侍が、やや離れたところから高札に目をやっていた。

ふてぶてしい表情に見えた。

そして一つ頷くと、その場から離れた。身ごなしに隙のない歩きぶりで、それなりの遣い手だと感じた。

たまたまその先から歩いてきた主持ち(しゅうも)の中年の侍が、すれ違いざまに頭を下げた。知り合いらしい。若侍は答礼をして、そのまま行き過ぎた。

正紀は、その中年の侍に近づいた。

「卒爾(そつじ)ながら」

と告げて、今の若侍の名を尋ねた。

「あまりに身ごなしに隙がなく、驚き申した」

と付け足した。

「猪原伝之丞殿でござる」

どこかで聞いた名だと、首を傾げてから思い出した。前に中西道場の師範代が告げた若手の遣い手の一人だった。

高禄の旗本家の者だから、大会には出ないだろうと訪ねることはしなかった。

「関心がありそうでしたね」

源之助が言った。

三

高岡藩上屋敷に戻った正紀は、正国と佐名木に元締め役を在正と決めたことや、御先手弓組の動き、そして商家を廻った結果を伝えた。

「御先手弓組は、その日のうちにご府内二十か所の繁華な場所に、高札を立て終えたわけですな」

「あの者たちならば、朝飯前であろう」

「高札を目にした腕に覚えのある直参は気持ちが昂(たかぶ)ったことでしょう」

佐名木も若い頃は、剣術修行に邁進(まいしん)した日々があるから、剣士の気持ちは分かる様子だった。他流試合など、めったにできるものではない。それが伝通院では叶えられる。金子や婿入りのためでなく、大っぴらに腕試しができることを喜ぶ者もいるはずだ。

「その方は金子集めだな」

正国は簡単に言った。

夜になって、正紀は京の部屋へ行った。孝姫の寝顔を見て、涎(よだれ)を拭いてやる。そして頬ずりをした。鼻から出した息を深く吸い込む。それでだいぶ気持ちが落ち着いた。

それから、その日一日の顚末を京に話した。

「以前はまったくなかった寄進が、今日は二十九両もあった。幸先がよろしいではないですか」

聞き終えると、京はよかったといった顔で告げた。

「しかしこれでは、どうにもならないぞ」

労を惜しむつもりはないが、闇雲(やみくも)に商家を廻ったところで、成果が少ないのは分かっていた。一日でも早く三百両を作るにはどうすればいいか、対策を練らなくてはならない。

「どこを廻ったらよかろうか」

「そうですね」

京は少しの間首を傾げてから口を開いた。

「武家の催しに関わるつもりはない、というのは商人の本音でしょう」

「そうであろう。商いに利がなければ、金子は出さぬ」

「その店は、何を商っていましたので」

「あれは雑穀問屋だった。間口の広い老舗で、前は人足寄場に五十両の寄進をしていたぞ」

すると京は、得心したように頷いた。

「雑穀問屋では、無宿人を収容する人足寄場には賛同するでしょう。無法者が江戸の町から減ります」

「なるほど。雑穀問屋には、武家の客はない。文武の奨励など、どうでもよいわけだな」

「武家付き合いの深い商人を、当たってみてはいかがでしょうか」

「うむ。そうしよう」

声掛けをする商人を、京の言葉を頭に入れて絞る。納得のゆく意見だった。

翌日正紀は、源之助と植村を供に屋敷を出た。まずは大店老舗が櫛比（しっぴ）する日本橋通町（とおりちょう）へ足を向けた。日本橋の南に京橋方面へ延びる大通りだ。通り過ぎるのは武家や町人だけでなく僧侶の姿もあった。

江戸に暮らす者ならば、裏店（うらだな）暮らしの者でも一度や二度は屋号を耳にしたことがある商家ばかりだ。

「これだけ並んでいると、どこへ行ったらよいのか、見当もつきませんね。小僧にでも訊きましょうか」

　ぐるりと見回した植村が、嘆息しながら言った。

「店先に、大名旗本の御用達を受けている旨を記した木札を吊るしている店が多いですね」

「まことに」

　大名家や旗本家の御用達であると示すことは、店の格を上げると考えるからに他ならない。

「できるだけたくさん並んでいるところから行きましょう」

　源之助と植村が走って、あたりを見て廻った。人足寄場への寄進はしていない店だ。

「あの葉茶屋が多そうです」

　確かに木札が二十以上並んでいる。三人で敷居を跨いだ。

　正紀は身なりもいいし名も名乗ったので、すぐに中年の番頭が相手をした。框に腰を下ろして、用意していた概要を記した趣意書を見せて、寄進の依頼をした。

「わざわざお越しいただき、畏れ入ります。ご老中様からの文武奨励の触が出ておりましたな。まことに結構な催しと存じます」

頷きながら、愛想よく正紀の話を聞いた。すぐに寄進の話になるかと期待したが、思いがけないことを口にした。

「試合の見物は、寄進した店の一人だけが見られるのでございましょうか」

それでは面白くない、といった顔だった。

「いかにも、そのつもりだが」

これについては、前にも商家を廻っていて告げられたことがあった。直参であれば、望む者は誰でも見せる。大名家の家臣は、殿様のお供で来た者は、何人であれ見物させるつもりだった。

しかし町人の見物を多くするつもりはなかった。

「選(え)りすぐりの剣士の試合ですから、町人でも見たい者は多いと存じます。私どもは、長くお付き合いをいただいていて、見物を望まれる方には、お見せしたく存じます」

「ううむ」

それなりの剣士が集まる大会になれば、評判になるのは間違いない。町人の顧客にも見物させることで、商いの足しにしたいと考えたらしかった。

寄進をした者に試合を見せるのは、やぶさかではない。ただ見世物ではないから、大勢にはしたくない。しかし商人としては、伝通院山門に屋号を記した板を出すだけでは、面白くないのは確かだろう。

さらに、寄進をした店から一人の見物では、金を出す旨味はないと番頭は言っている。

「申し越しの件、もっともである。検討をいたそう」

今のままでは、寄進は得られないと察した。正紀はいったん出直すことにして、人足寄場へ向かった。

人足寄場には、長谷川と辰蔵がいた。長谷川はいつも寄場にいるわけではないので、今日は幸いだった。正紀は、葉茶屋で問われたことを伝えた。二人の考えを聞きたかった。

「なるほど。商人ならば、そうくるでしょうな」

長谷川は、愉快そうな口ぶりで言った。辰蔵は、困惑顔だ。

「それはそうかと存ずるが」

商人と交渉する正紀にしてみれば、避けては通れぬ問題だ。

「なあに、見せるのはかまうまい。十両ごとに一人ではどうか」

長谷川はあっけらかんとしている。それくらいでないと、盗賊相手の荒仕事はできないのかもしれない。しかしそれではあまりにも、身も蓋もない気がした。『尚武の志』がおざなりになっている。

また金子さえ出せば見られるというのも、正紀の気持ちに合わなかった。

「十両以上ならば、いくらであっても二人まで同伴できる、ではいかがでしょうか」

辰蔵の意見だ。これだと三人が見物できることになる。

「となると商人は、十両以上は出さぬのでは」

長谷川の言うことは間違いないが、それでもよしとするのが落としどころだと考えた。

「金ばかりが前面に出ると、定信様が何か言ってきそうな気がします」

「なるほど。あの御仁ならば、そうかもしれませぬ」

長谷川も、定信の人となりは分かっている。

辰蔵の意見に、長谷川と正紀は同意した。傍で聞いていた源之助と植村も、頷いていた。

正紀らは、すぐに通町の葉茶屋へ戻った。

「さようでございますか。ならば十両で」

番頭は答えた。長谷川が言ったとおりの反応だった。

「さすがでございますな」

植村は、長谷川の読みを褒めた。

次は、太物屋へ行った。ここも繁盛している大店だ。ひっきりなしに客が入って、「いらっしゃいませ」という手代や小僧の声が店の中に響いた。

「さようですか。ならば十両で」

大店老舗だからといって、大盤振る舞いはしない。そのあたりは、しっかりしていた。

しかし三軒目の味噌醤油問屋は、十五両だった。

「うちでは、ご大身様にはお世話になっています」

というのが理由だった。

「こういうところもありますね。他にもありますよ」

植村は元気づいた。分かりやすい男だ。

けれども、物事はうまくいくばかりではない。四軒目の蠟燭問屋では、あっさりと断られた。

「武家相手の商いをしている店でも、話に乗るとは限りませんね」

源之助が肩を落とした。

「見物は、一人で結構でございます。二両納めさせていただきます」

というところもあった。それが三軒続いた。お付き合い程度、ということだ。

この日は、三十一軒廻って、九軒から五十二両の寄進を集められた。

「行けそうですね」

源之助が顔をほころばせた。

四

正紀と源之助、植村の三人は、商家廻りを済ませ、夕暮れの江戸の町を歩いて神田川の南側八つ小路へ出た。

ここの筋違御門近くにも、剣術大会の高札が立てられていた。すでに薄暗いから、文字は読みにくかった。人だかりはないが、十八、九歳くらいの部屋住みふうの侍が、顔を寄せて文字を目で追っていた。

「あれを読んで、どれほどの直参の子弟は、出ようという気になるのでしょうか」

植村が言った。植村は、剣術はからきしだから、そのあたりの気持ちが分からない。

「力の入った試合を見たいですが、辰蔵殿よりも腕の立つ者が現れたら、どうしたものでしょう」

「だからこそ、三百両を集めなくてはなるまい」

　正紀は、源之助に返した。昨日と今日とで、八十一両が集まった。

　高札の前をそのまま行き過ぎようとしたところで、深編笠を被った三人の侍が現れた。浪人者ではない。

　侍たち三人は立ち止まって、高札に目をやった。正紀らは、反応を見ようと、離れたところから様子を窺った。

　すると三人は、信じがたい行動に出た。高札に手をかけ、抜き取ったのである。それを地べたに叩きつけた。

　板が割れた。三人は代わる代わる板を踏みつけると、その場から離れた。

「おのれっ」

　怒った源之助が、侍たちに駆け寄ろうとする。正紀はその腕を摑んだ。

「何者か、確かめよう」

　三人は、何かしらの意図があって狼藉に及んだはずだ。それを確かめたかった。

「はっ」

　つけて行く。三人は、逃げるように昌平（しょうへい）橋を北へ渡った。湯島聖堂（ゆしませいどう）を右手に見ながら進んで、本郷通りに出た。立ち止まることもないまま、駒込追分まで来て、ここで一人が別れた。丸山新町方面へ歩いて行く。これを源之助につけさせた。

残った二人は、日光御成道の方を進んだ。さして歩くこともなく駒込追分町の居酒屋の前で立ち止まった。

居酒屋には明かりが灯っていて、酔っぱらいの談笑する声が聞こえた。二人は、吸い込まれるように店に入った。

正紀と植村も居酒屋へ入った。先に入った二人に近い床几の前に腰を下ろした。

二人の話に、耳を傾けた。声を落としているし他の声がうるさいので、聞き取りにくい。それでも、漏れ聞こえる声を拾った。

「あれを踏みつけて、少しは気分が晴れたぞ」

「まことに。あの企みも、文武奨励など表向きのことだ」

「いかにも。人足寄場の資金繰りが目当てだというから、ふざけた話ではないか」

そこまで聞いて、正紀は植村と目を見合わせた。腹が熱くなったのは、酒のせいだけではない。

催しの目的が、侍たちに漏れている。その上で、あの高札に対する狼藉があったのだと分かった。

「なぜ、気づかれたのでしょう」

植村が囁(ささや)いた。

「そうだな」

少し考えてから思いついた。資金集めを始めたばかりの頃に、槇原屋などすでに人足寄場に寄進した商家を廻った。あの折に、剣術大会の真の目的を話した。どうやら、そこから漏れた模様だ。

何か聞き取りにくい言葉があった後で、一言が聞こえた。

「あやつは、なかなかの曲者(くせもの)」

これは、長谷川平蔵のことを口にしたと考えた。さらに耳をそばだてたが、話題が変わってしまった。

誰か他の者の悪口になった。

二人は半刻ほど店にいて、外に出た。酒肴(しゅこう)の代金は、折半で払った。そのまま歩いて、武家地の方へ向かった。すると闇の中から、源之助が姿を現した。

「この先は、御先手弓組の与力同心の組屋敷です」

「ほう」

それは仰天した。

「長谷川殿の配下か」

まさかと思ったが確かめた。

「いえ、違います。組頭(くみがしら)は、猪原伝三郎(でんざぶろう)という旗本です」

源之助は、つけた侍が屋敷に入るのを見届けたあとで、近所でどこの組屋敷かを確かめた。侍は、御先手弓組の与力だった。

御先手弓組は、長谷川平蔵の組を含めて八組あった。猪原組もその一つだ。

そして残った二人をつけた。これは同じ組屋敷内の同心だと分かった。

屋敷に戻った正紀は、源之助と猪原伝三郎について旗本武鑑(はたもとぶかん)で検(あらた)めた。

歳は四十七歳で、長谷川よりも一つ歳上だった。家禄千五百石で、御先手弓組の頭を務める。長谷川とは同役だが、火盗改役の加役はない。人足寄場との関わりもない。長谷川の方が、勢いがある。

ただ縁戚には、それなりの者がいた。下野壬生(しもつけみぶ)藩三万石鳥居家とも繋がりがあった。嫡男が伝一郎(でんいちろう)で次男が伝之丞とある。

家禄四百石の家に生まれて、千五百石の旗本にまでなった長谷川とは、だいぶ違いがありそうだ。

「猪原伝之丞は、法神流の遣い手であったな」

正紀は呟いた。剣術大会の高札を立てた後で、その様子を見に行った。そのときふてぶてしい表情で高札に目をやっていた身なりのいい侍がいた。それが伝之丞だった。

「伝之丞は、覚えております。あの者が、指図をしたのでしょうか」

「それは分からぬが」

「人足寄場のための催しと知りながらの狼藉です。組の者が、勝手にするとは思えませぬ」

たかが高札一枚ではない。長谷川組と猪原組の間に、何があるのか。そのままにはできない。

五

翌日正紀は、源之助と植村を伴った三人で、人足寄場へ行った。

高台にある役所を中心にして、人足たちが寝起きする建物は、すでにあらかたできていた。古材木だけで建てられたものだが、役人も含めて島にいる者すべてが力を合わせた成果だ。

「これならば、雨が降っても濡れないで済みますね」

源之助が言った。

島の外れに、小さな鳥居と祠ができていた。人足たちの心のよりどころだ。

今は作業小屋を建て始めている。片付けもだいぶ進んで、杭を打っての土手の修復にもかかっていた。その槌音が響いている。

隣の佃島も、徐々に復旧が進んでいた。早朝の漁から戻ってきた、漁船の姿が見えた。

長谷川はいなかったが、辰蔵はいたので、昨夜の高札の引き抜きについて正紀は顚末を伝えた。

「そうですか。猪原組の仕業でしたか」

驚いた様子もなく、辰蔵は返した。すでに八つ小路で高札を抜かれて割られたことは長谷川組の者から聞いて、新たなものを立て直しに出向いているとか。

「予想をしていましたか」

「あるかもしれないとは、思っていました」

そこで長谷川組の者が、毎朝高札を立てた場所を見廻っていたのだった。

「猪原組との間には、どのような因縁があるのでござろうか」

正紀は尋ねた。剣術大会に差し障ることもありうる。

「今回の高札への狼藉は、まだ取るに足らないことかもしれませぬ」

辰蔵はため息をついた。

「猪原家は、代々弓の家でお役を引き継いでいます」

跡取りの伝一郎は弓の名手だそうな。次男の伝之丞は剣術を学び、法神流の免許皆伝となった。

「弓組の家の者が言うのもおかしいが、これからは弓ではなく鉄砲の時代でござる。どうやら猪原家では、弓以外で出世の糸口を探りたいとお考えのようで」

「なるほど」

弓は、武術として心身の鍛錬には優れているが、戦場での威力は鉄砲に劣る。すぐに戦乱の世になるとは思えないが、当主の猪原伝三郎は、次男の伝之丞には戦場で有利となる弓術ではなく、平時に役に立つ剣術を学ばせた。

「もともと壬生藩鳥居家との繋がりも深く、猪原家では姫を正室に迎えたことがあると聞きます。忠意様がご老中になってからは、それを足掛かりにして、己も栄達を望むようになったと推察できます」

「なるほど」

「父とは歳も近い上に、共に御先手弓組同士ですが、負けてはいられないという気持ちがおありのようで」

迷惑そうな顔になった。

「それは厄介なことですな」

「父は家禄四百石の家に生まれ、若い頃は勝手なことをして過ごしました」

「それは、噂で聞きました」

長谷川の幼名は銕三郎で、若い頃は『本所の銕』と綽名される荒くれ者だったとか。町の破落戸たちに怖れられた。

「にもかかわらず、今では猪原殿と同じ千五百石の御先手弓組頭にまでなった。さらに火盗改役の加役まで仰せつかった。人足寄場掛として開設にも関わりました」

「猪原殿は、影が薄いですな」

「はい。時の老中に逆らい、勝手なことをしながらも今の役目となりました」

「これからもさらなる、栄達がありそうですな」

定信は、長谷川が気に入らなくても、実績があるから失脚させられない。

「それは分かりませせぬが、猪原殿は、父を気に入らぬようです」

「では、これまでもいろいろあったわけですな」

「七月にあった弓術の御前試合で、長谷川組一番の射手の、弓の弦を切られたことがございました」

「それで長谷川組が、猪原組に負けたわけですな」

「はい」

辰蔵は無念の表情になって頷き、そして続けた。

「野分と大潮が重なって、建物の多くが倒壊した折に、人足寄場廃止の声を初めに上げたのは、定信様ではありませんでした」

「うむ。あの方は、最初は残したいとお考えになって、少ないながらも金を与えた」

「そうです。鳥居忠意様や他の幕閣で、人足寄場廃止の急先鋒になったのが勘定奉行や大身旗本の方々でした」

「それを扇動（せんどう）するような動きをしたのが、猪原伝三郎だったのではござらぬか」

思いついたことを、正紀は口にした。

「いかにも。人足寄場が廃止となれば、父のなした事業が無駄だったことになります る」

「猪原にしてみれば、小気味よいことになりますな」

「はい。この地に倉庫を建て、諸産物置き場などにして利を得ることになれば、手柄とする者もありましょう」

「出世の道が、それで開けるわけですな」

猪原は、廃止を迫る者の中心となって動いている。それは、己の栄達に繋がるからだ。

「確たる証はありませんが、そう見えまする」

辰蔵の言うことは事実だと思えるが、はっきりしているのは高札を壊しただけだ。大騒ぎをするほどのこととはいえない。

「高札に関する、直参の子弟の受け取りはいかがでござろうか」

こちらは、辰蔵が探ることになっている。旗本や御家人の様子は、正紀には分かりにくい。

「まだ高札を立てたばかりですが、少なくない反応があります」

昨日、いくつかの知り合いの他流派の道場の様子を見てきたという。高札を見て、出たいと話す者もいたとか。

ただ一つの流派からは、一人のみの出場となっている。誰もが出られるわけではないので、物言いは慎重らしい。

「前に話の出た面々は、参加する模様です。ただ江戸には、ご承知の通り、多数の道場があります。そちらからも出るでしょう」

借金があると聞いた大竹真十郎や、よい婿の口を探したいと話した日下部新吾らの顔が脳裏に浮かんだ。腕試しをしたい者もいるだろう。

「では大勢集まって、試合は一日では済まなくなりましょうか」

「いや、それはないでしょう。どこの流派から誰が出るかは、道場内で話題になるはずです」

「それはそうでしょうな」

「自分が出ても敵わないとなれば、名乗りを上げるのは控えると存じます」

「なるほど」

負ければ一文の得にもならない。初戦で敗退となれば、面目を失う。

「しばらくは話題となり盛り上がるでしょうが、そのうちに人数も定まってくるのではないでしょうか」

辰蔵の言葉に、正紀は頷いた。申し込みの十月二十日には、まだしばらく間がある。

「拙者も稽古は、怠りなくやっております」

日焼けした顔に、辰蔵は笑みを浮かべた。

「寄進はいかがでございましょう」

「まずまずでござる」

何とかなりそうだと、このときは思った。

六

人足寄場で辰蔵の話を聞いてから、源之助と植村を伴った正紀は、京橋界隈に足を踏み入れた。このあたりも、日本橋通町界隈ほどではないが、大名や旗本家出入りの商人は少なくなかった。

ここには、高岡藩御用達の太物屋があった。とはいえ毎年買い入れる量は、大したものではなかった。勘定方の井尻が吝いからだ。

「では二両、出させていただきます」

これは、出入りを続けるための金子だった。武家の剣術試合に、関心はないという主人の顔だった。

次は十家ほどの木札がかけられている油問屋へ行った。その中には、高岡藩の木札はかけられていない。

現れた手代に、正紀はこれまでのように身分と名を名乗った。

「これはこれは、高岡藩の井上様。わざわざのお越し、畏れ多いことでございます」

油問屋の初老の主人が、揉み手をしながら言った。小太りで、面差しがどこか狸の置物を思わせた。上機嫌なのは、大名家の世子が買い物に来たと踏んだかららしかった。

正紀はそうではないと伝え、剣術大会への寄進について話した。

「さようでございますか」

主人は肩を落としたが、すぐに表情を変えた。

「ご寄進はかまわないのでございますが、いかがでございましょう。私どもの店を、高岡藩御用のお仲間に加えてはいただけないでしょうか」

転んでもただでは起きない。

「………」

一万石の小藩でも大名には違いないから、その御用達になるのには意味があるらしかった。

「抜かりのない男だな」

わずかに気持ちは動いたが、受け入れるわけにはいかなかった。藩には、長く油を買い入れている店があって、正紀の一存では変えられない。それらの店も、これから廻るつもりでいる。

「お考えいただけないでしょうか」

下手に出てはいたが、強引だった。寄進は、その返事次第だという口ぶりだ。仕方なく断って店を出た。

「商人というものは、転んでもただでは起きませぬな」

源之助が声を漏らした。

次は蠟燭問屋だった。前の油問屋よりも、間口は広かった。奉公人の数も多かった。大小さまざまな蠟燭が店頭に並べられている。敷居を跨いだときから、蠟のにおいが、鼻にまとわりついてきた。

対応した三十代半ばの主人は、剣術大会が催されることを知っていた。

「なかなかの、評判でございますな」

番頭が旗本家に納品に行くと、その話題で家臣たちは盛り上がっていたとか。一通り説明を聞いたところで、問いかけをしてきた。

「見物にお連れできる人数は、十両で二人ですか」

「そうだ。店の者を含めて三人だ」

「では三十両で九人ということでございますね」

話に乗ってきそうな気配だった。一軒で三十両はありがたいが……。

「いや、そうではない。十両以上が、二人という話だ」

「さようで」

　にわかに、表情から生気が消えた。

「二人だけとおっしゃられましてもねえ」

　醒めた口調だ。

「何がまずいのか」

「顧客の方々から見たいとおっしゃられたら、どなたをお連れすればいいのか迷います」

　それならばいっそ、ない方がいいという話だった。

「では二両を」

　これは出したというだけの金高だ。それでも礼を言って受け取っておく。正紀の名で、受取証を渡した。

「吝いですねえ」

　植村がため息をついた。

　三軒目は薪炭問屋だ。ここの主人も、剣術大会を知っていた。高札は直参だけでなく、町人にも知らせる効果があったようだ。

「十両、寄進させていただきます」

ここは手間取らなかった。金子を受け取ると、正紀の名で十両の受取証を与えた。この受取証を、剣術大会の当日に提示すれば、三人が境内に入ることができると伝えた。十両に満たない額だと、入れるのは一人だ。

主人は大事そうに受取証を懐に納めると言った。

「うちの縁者で、縮緬屋がございます。そこから十両を寄進させましょう」

一軒で二十両では、入れるのは三人だけだ。だがこれだと、さらに三名が見物できる。

この日は京橋界隈を歩いて、十七軒に声をかけた。さすがに門前払いはなかったが、寄進をしたのは九軒だけで、どこも吝かった。合わせて四十一両だった。

満足のゆく数字ではない。

「剣術大会の話がもっと町中に広がれば、寄進も増えるでしょうか」

植村が期待の声を漏らした。

翌日は、朝から雨だった。しとしとと降り続き、止む気配はなかった。正紀ら三人は、傘を手に屋敷を出た。

向かった先は、芝界隈である。このあたりは、武家出入りの商家は、日本橋や京橋界隈よりも少なかった。一日廻って二十二両だった。

その次の日は晴れた。城の西、四谷界隈から廻り始めた。ここはしめて十六両だった。

「まことに畏れ入りますが、日々の商いでかつがつでございます。寄進はいたしたいところでございますが、今はとてもとても」

そういう店が多かった。

「これでは、帰れませんね」

と源之助が言った。引き続き湯島や本郷、浅草界隈にまで足を向けた。そこで得られたのは二十二両だった。

朝からの分を含めると、この日は三十八両となる。

「これまでを合わせると、百八十二両です」

「厳しいですね」

源之助が帳面を見ながら言った数字を聞いて、植村は顔を顰めた。まだ二百両にもならない。

すでに江戸の中心地を廻ってしまった。残っているのは本所と深川界隈だが、あまり期待はできない気がした。

「このままでは、剣術大会を開けません」

「いかにも。伝通院への寄進と勝者への百両すら払えぬな」

源之助の言葉で、正紀も弱気な返答となった。

大会を行うにあたって入用な金子は、その二百両だけではない。他にも費えはかかる。

見物に来た大名や旗本には、茶くらいは出さなくてはならない。見物客を仕切るための杭や縄、看板用の板、医者の手配、さらに細かな金子がかかるはずだった。

「やはり無理なのか」

「同伴できる見物客を十両以上二人ではなく、十両ごとに二人といたしましょう。それならば、もう少し増えます」

植村が言った。商家を廻ってみて、その感触はあった。源之助も、仕方がないという顔をしていた。

気持ちが動いた。ただそれだと金が前面に出てしまう。決断はできなかった。

すでに薄暗くなっていた。日は西空に半分沈んでいた。遅くなったが、正紀ら三人は、深川の長谷川屋敷に足を向けた。

この日は幸い、長谷川も帰宅していた。正紀は、集まった金子について伝えた。

「いや、お見事でござる」

聞いた長谷川は頷いた。その金高でも、よく集めたと言いたいらしい。

「すでに、それがしが人足寄場設立のために廻った後ですからな。それでも充分でござる」

「しかしこれでは、剣術大会は開けませぬ」

正紀は、悔しい思いを言葉に込めた。

「いやいや、何とかなりまする」

何を言い出すのかと、正紀は長谷川の顔を見つめた。

「拙者も寄進を得られぬかと、本所と深川を廻った」

忙しいなか、よく廻れたものだと驚いた。

「七十二両でござる」

「おおっ」

正紀だけでなく源之助と植村も一斉に声を上げた。

正紀たちが集めた金子と合わせれば、二百五十四両になる。さすがは長谷川平蔵だと感心した。

「それならば、何とかやれそうですな」

「いかにも。寄場だけのためならば、得られなかった金子でござる。井上様のご尽力があったればこそでござろう」

「寄進をし、賞金も出せますね」

ほっとしたのは、正紀だけではない。辰蔵も、安堵の顔で言った。

「ただこれだと、辰蔵は最後まで勝ち抜かねばならぬぞ」

平蔵が発破をかけた。

「心してかかります」

辰蔵が答えた。

第四章　試合前日

一

八つ小路で引き抜かれ踏みつけられた高札は、次の日の朝のうちに新しいものに立て直された。武家だけでなく、町人も関心を持って見ていた。

定信が続ける質素倹約の触は、町の者たちの心に圧迫を与えていた。すっきりする何かが欲しいと思っていたところで、剣術大会の知らせが伝えられたのである。

高札への毀損(きそん)は他に二か所あったが、長谷川組の者がすぐに立て替えた。それきりなくなった。

「八つ小路や両国(りょうごく)広小路あたりでは、少なからず噂をしている者があります」

町の様子を窺いに行った源之助と植村が、正紀に報告した。それは町の者たちだが、各道場でも話題になっているはずだった。

　そしていよいよ、出場申し込みの前日になった。源之助と植村を伴った正紀も、町へ出て様子を窺うことにした。

　まずは屋敷近くの、上野広小路に立てた高札の前に出向いた。高札の前に、町人が集まって話をしていた。

「どんな直参が出るのかねえ」

「高禄だからって、強いわけじゃあねえぞ」

「試合を、見てみてえものだ」

　上々の評判だった。

　それから三人は、小石川の伝通院へ明日の打ち合わせのため住職在正を訪ねた。境内の杜の紅葉は、散り始めていた。

　山門前へ行くと、直参の部屋住みらしい若侍が数人たむろしていた。身なりからして、微禄の家の者らしかった。

　門柱脇には木札が立てられていて、二十日昼四つ（午前十時）にならなければ、剣術大会の受付はしないと記されていた。

「分かっているが、気になって参った」

二十歳前後の侍に源之助が問いかけると、そんな答えが返ってきた。

「なかなかの手練れが集まりそうだぞ」

「鏡新明智流の日下部新吾殿や真貫流の和田倉佐平次殿も、出ると決まったらしい」

どこかで聞きつけたことを、面白がって話している。

「二人とも跡取りではないからな、よい婿の口を得たいのであろう」

「ならば気合が入るな」

「となると、我らの出番はないか」

「出たいが、考えなくてはなるまい」

そんな話をひとしきりしてから、引き上げて行った。

「各道場には、それぞれ猛者と呼ばれる者がいて、評判は伝わってきます」

「百両は欲しいが、出るのを躊躇う者は、相当にいそうですな」

源之助の言葉に、植村が返した。

「辰蔵殿も申していたが、そう多くはならないかもしれぬな」

正紀が案じていたのは、多すぎたり少なすぎたりする場合だ。

参加者が少なければ、尚武の志を盛り上げたことにはならない。話を将軍に勧めた滝川の面子を潰す。また多すぎたら、一日で試合が終わらないかもしれなかった。

しかしどちらにもならないのではないかという気がしてきた。

「申し込みながら、来なくなる者はいないでしょうか。そういう者が多数出たら、面倒だと存じますが」

いきなり源之助が言った。

「なるほど。不戦勝が続いては、尚武の志は盛り上がりませぬな」

植村も、ありそうだと感じたらしい。

「確かに不戦勝が続いては、大会は盛り上がるまい。ならば申し込んでおきながら、不参加の場合は、前々日までに寺まで届けてもらうとしよう」

「しらばっくれる者はありませぬか」

正紀の言葉に、源之助が疑問を投じた。

「出るのはすべて直参ゆえ、どこの子弟かはすぐに分かる。それに、流派を背負う者ゆえ、看板に傷がつくような真似はせぬであろう」

「なるほど。無断で不参加となれば、名を掲示するぞとやれば、よろしいわけですな」

植村が、ほっとした顔で言った。

在正を交えて、明日の打ち合わせをした。試合の方法と勝負のつけ方についてである。元締め役である在正の意見は、聞かなくてはならない。

「試合は勝ち抜きで、先に一本を取った者を勝ちといたしまする。寸止めには、いたしませぬ」

「それだと、怯む者もありましょうな」

「いずれも、覚悟をもっての参加と存じます。また大勢が見るゆえ、卑怯な真似、あまりに苛烈な攻めもできぬでしょう」

正紀が答えた。

「見物をしたいという方の申し込みは、いかがでござろうか」

見物を望む武家は、伝通院へ自ら申し込む段取りにしていた。寄進は、原則求めない。

「すでに六つの大名家や、二十を超す旗本家から、申し込みが来ておりまする。御目見でない方からも、だいぶ問い合わせがありまする」

「それは何より」

「大名家からも、家臣を出したいという声がありましたぞ」

「それはできませぬな。断っていただきましょう」

大名家の家臣を出場させて、直参の多くが早々に負けたならば示しがつかない。直参の子弟だけ、というところに大会の意味があった。

賓客の控えの間をどこにするか、見物をどうさせるかなども話し合った。

「ご接待は、寺でいたします」

「かたじけない」

百両も取るのだから、それくらいは当然だ。

「審判はどなたに」

これは、誰でもいいというわけにはいかない。正紀は、ずっと考えていた。

「高岡藩の江戸家老、佐名木源三郎に任せるつもりでござる」

幕臣でない方がいい。神道無念流の手練れで、人物も技量も申し分ない。すでに本人の承諾も得ていた。

そこへばたばたと、駆けてくる足音が聞こえた。

「山門前で、お侍同士が揉めておりまする」

小坊主が、慌てた様子で言った。今にも、刀を抜きそうだとか。

「よし」

正紀らが、山門前に駆けつけた。新たに姿を見せたらしい侍たちが、数人ずつ二手に分かれて罵り合っていた。寺の様子を見に来て、言い争いになったようだ。

「我ら神道流の内幡寅之助殿の剣技は、その辺の木っ端道場の若い者など足元にも及ばぬものだ」

「木っ端道場と申したな。許せぬ」

「許せぬのならば、どうする」

どちらも引かない。己が通う道場を第一として、他を貶めていた。血気盛んな者たちだった。

「おのれ」

腰の刀に手を触れた者がいた。今にも抜きそうな勢いだ。このままでは、無事には済まない。伝通院門前で、直参同士が試合のことで斬り合いなどをしたら、大会自体が中止にもなりかねない。

「待たれよ」

正紀は、向かい合う者たちの間に入った。

「どいていただこう。ここは我らの道場の名に関わることでござる」

「そうだ」

ここで正紀は一喝した。

「この場をどこと心得るか。将軍家ゆかりの伝通院山門前だぞ。ここで刀を抜いたら、その方らだけではない、それぞれの家もただでは済まぬぞ」

それで侍たちは、はっとした顔になった。言葉のやり取りで気が昂ったが、公儀から咎めを受けるのはまずいと気がついたらしかった。

「このまま、引き取るがよかろう」

正紀が続けると、侍たちは不満そうな顔をしながらも引き上げて行った。

事の良し悪しはともかく、剣術大会が直参の間で話題になっていることを伝える悶着だ。

二

一夜明けて、この日も晴天となった。ただ朝の風は、冷たさが増した。小石川は、どこを歩いていても、枯れ葉が舞い落ちてきた。

剣術大会の申し込みの日である。

昼四つからの受付だが、正紀と源之助、植村とそれに五人の高岡藩士は、夜明けと共に無量山伝通院へ赴いた。

高岡藩士は、現れた剣士たちの案内と寺の警固に当たる。昨日のような直参同士の悶着が起こらないとは限らなかった。

辰蔵は剣士として参加するので、表立った運営には関わらない。

「どれほどの子弟が、集まるでしょうか」

興奮を抑えきれない様子で、植村が言った。源之助も頷いている。名の知られた剣士が何人現れるかで、剣術大会の真価が決まる。

彼方に山門が見えてきた。

「おお、もう人がいるぞ」

すでに数人の侍が、山門前で開門を待っていた。今日は昼四つまで、門を開けない。

正紀らは、潜り戸から中へ入った。

庫裏の一室を使って、文机(ふづくえ)を借りて受付をする。これには正紀と源之助が当たる。隣には、届け出の順番を待つ者一人だけを入れる部屋を用意した。この案内は、植村がする。

参加者は、氏名と歳、当主の名と役付きの場合はその役名、屋敷の場所、跡取りか次三男か、剣術の流派及び道場を書いた紙と、師範からの推薦状を出す。この二つが揃っていなければ、受け付けない。

源之助が中身を確認して、参加者の名をこのために用意した帳面に記す。

昼四つの鐘が鳴った。山門の扉が開かれた。

「御免」

まず初めに現れたのは、早朝から山門前にいた侍の一人だった。中背で背筋をぴんと張っている。身ごなしに無駄がない。目に覇気があり、それなりの剣士だと察せられた。

「お頼みいたす」

申し込みの書類と推薦状を差し出した。

内幡寅之助二十三歳、神道流で御小十人組内幡家の三男だった。家禄百俵の家である。正紀はその名に覚えがあった。

昨日山門前で悶着を起こした流派の一方である。あの場にはいなかったから、同じ道場の者が様子を見に来ていたのだと察せられた。

仲間の門弟が自慢していた通り、立ち合えば上位へゆくに違いない。

二番目に現れたのは、まだ少年らしさを残した剣士だった。絣の着物も、袴も、だいぶくたびれている。タイ捨流樫原泉之助十七歳だった。御小普請方手代組頭の跡取りである。

家禄五十俵三人扶持の抱え席だが、推薦状も持参しており参加に問題はなかった。

「お怪我のないようにな」

無礼かとも思ったが、正紀は声をかけた。

「覚悟の上でござる」

と橿原は返してきた。並々ならぬ決意があるらしい。跡取りだから、入り婿先を探す目的ではない。百両が欲しいのか腕試しをしたいのか、はたまた他の理由があるのか、それは分からない。

問いかけてみたい気もしたが、それは控えた。

三番目は、前に会ったことがある鏡新明智流日下部新吾だった。富士見御宝蔵番衆の家の三男だ。優勝はともかく、上位に食い込んでよい婿の口を探す機会にしたいと話していた。

「まずまずの滑り出しですね」

前評判の高い剣士が続いて、源之助は安堵した様子だ。

そして十人ほどを受け付けたところで、額に汗を浮かべた二十代半ばの侍が現れた。もう十月だというのに、垢じみた単衣（ひとえ）の着物なのは驚いた。

「それがし、天童流（てんどう）を使う井樋兵馬（いびひょうま）と申す者でござる」

差し出したのは、氏名などを記した紙だけだった。跡取りだが、家は無役だ。

「道場からの推薦状は」

源之助が尋ねた。なければ、受け付けられない。

「それが当道場からは、すでに一人出ておりまする」

言われてみれば天童流からは、師範の推薦状を持参した剣士の申し込みをすでに受け付けていた。

「それがしは二番手ゆえ、推薦状をいただけなかった」

「…………」

「しかし剣の腕は、他の道場の筆頭より、それがしの方が上でござる」

どうしても出してほしいと、両手をついた。縋るような眼差しを源之助に向けている。

「いやそれは」

源之助は困っていた。

「なにがなんでも、百両を得なければなりませぬ。そうでなければ、御家人株を手放さなくてはなりませせぬ」

目に涙の膜ができている。泣き落としだった。仮に事実だとしても、「よい」とは言えなかった。

「一つでも例外を認めれば、決まりはないものとなりまする」

「いや、そこを何とか」

「なりませぬ。決まりを守ることも、尚武の志でござろう」

苦しい事情は理解しながらも、正紀は表情を崩さずに言った。井樋は、打ちひしがれた様子で引き上げて行った。

断った側も、後味は悪いがやむをえない。そのまま受付を続けた。

中西道場の師範代が名を挙げた真貫流和田倉佐平次、小野派一刀流富田孫之助、馬庭念流長平助左衛門といった面々も姿を現した。他にも手練れとおぼしい剣士ばかりが、参加を申し込んだ。

各流派道場から一名という出場条件が効いていた。精鋭がやって来る。したがって境内が溢れるほど、人が集まったわけではなかった。ただ付き添いでやって来た同門の者や、様子を窺いに来た町人の野次馬の姿などはあった。

辰蔵も紙と推薦状を携えて、昼下がりになってから現れた。

「大竹真十郎殿は参られましたか」

手続きが済んだところで、辰蔵から問いかけられた。

「いや」

「おかしいですね」

直心影流長沼派の大竹真十郎は無役の家で、百両が欲しいと自ら語っていた。正紀が深川の古い屋敷へ出向いたとき、美しい姉がいて庭で育てた南瓜の収穫をしていた。

「何かあったのでしょうか」

辰蔵は気にしている。大竹を一番の強敵と考えている節があった。中西道場の師範代に名を挙げてもらったときに、二番目に挙げられた名が大竹だった。

早々に来ていると思っていたようだ。

さらに続いて、三十代後半の侍が現れた。部屋住みの若侍が出る大会だから、現れたときにはびっくりした。

「それがしは、須坂兵之助(すさかへいのすけ)と申す。旗本猪原家の用人で、伝之丞様の名代として申し込みに参り申した」

「ほう」

意外だった。猪原伝之丞は遣い手だというのは聞いていた。高札場で、姿を見たことがある。隙のない身ごなしだった。

ただ猪原家は、長谷川家に敵対する気持ちを持っているから、まさか大会に出ようとは考えなかった。

猪原家は金にも困っていないし、婿の行き先についても困るような立場にはなかった。千五百石の名門の家ならば、選り好みさえしなければ相手はいくらでもいるだろう。

とはいえ直参であり、書類が整っていたら受け付けないわけにはいかない。須坂は終始源之助に向かって話をしていたが、ごく短い間正紀にも目を向けた。何を言うわけでもなかったが、どこか挑戦的に感じた。

三

大竹真十郎は、昼四つ過ぎには深川油堀南の屋敷を出ていた。屋敷とはいっても敷地は百坪足らずで、建物は傾きかけたような古家だった。修理をしたいが、大工は頼めない。できることは大竹が自分でやっていたが、素人(しろうと)ではできることに限りがあった。

伝通院のある小石川は深川からは遠いが、申し込みは暮れ六つ(午後六時)の鐘が鳴るまでだから、「慌てるな」と己に言い聞かせていた。

「試合の場を、よく見ておいでなさい」

出がけに、二十歳になる一つ違いの姉多代（たよ）が言った。

「はっ」

姉の自分に向ける目は優しい。母は幼い頃に亡くなった。そして無役の父は、この四年、寝たり起きたりの暮らしをしていた。

棄捐の令のお陰で古い借金はなくなったが、その後貸し渋りがあって身動きが取れなくなった。医者や薬種（やくしゅ）問屋には、未払いの薬代が残っていた。この借金は、棄捐の令ではなくならなかった。札差からは借りられないので、町の高利貸しから金を借りた。

この利息は、瞬く間に膨らんだ。利息が利息を生んだのである。合わせて二十七両になった。返済期限は、十月末日だった。剣術大会の日の、暮れ六つまでだ。

金貸しに告げられている。

「今月末までには、どういう手立てをとってもご返却をいただきます。そう証文にも書いてあります」

「ううむ」

「かくなる上は、御家人株を手放していただくか、姉上様に数年ご辛抱をしていただくか、どちらかですね」

「辛抱とは」

「それは、へへへ」

金貸しは卑し気な笑いを浮かべた。

やり取りを聞いていた姉は、「辛抱」をすると言った。姉には縁談もあったが、今はその話も立ち消えになった。姉の無念は、計り知れない。

「くそっ。そんなことを、させてたまるか」

大竹は、何度も胸の内で呟いた。しかし他から借りる手立てはなかった。援助してくれる縁者もなかった。

幼少から剣の腕を磨いてきた。道場では師範代相手でも引けは取らないが、それで実入りが得られるわけではなかった。無役とはいえ、直参の身で道場破りなどできない。

そんなときに、剣術大会の話を聞いた。百両あれば、大竹家は生き返る。

屋敷を出て、大川河岸へ出た。

川上に向かって、河岸の道を歩いて行く。するといきなり、目の前に金貸しが現れた。まるで待ち伏せでもしていたように感じた。いつものような、卑し気な笑いを浮かべながら声をかけてきた。

「おや。お屋敷へ向かうところでしたよ」

「何の用か」

「多代様のことですよ」

「その方には、関わりがあるまい」

「いやいや、そのようなことはありません。いい奉公先が、見つかったのです」

「何だと」

奉公先という言い方が気に入らなかった。

「本来ならば、少なくとも五年は奉公をしていただかなくてはなりませんが、二年で済むお話です」

「何を申すか」

「今日、お話をつけていただけるならば、辛抱は二年です。あっという間でございますよ」

家のためなら、姉は話を呑んでしまうだろう。

「金がないと舐めおって」

胸の内で毒づいた。大竹は金貸しの話に乗る気など微塵もなかった。

「金は、期限までに利息をつけて返す」

「できますか」

「もちろんだ」

「剣術大会ですね」

「……………」

知っていることに驚いたが、流派内では知られていることだった。調べれば、すぐに分かるだろう。

「おやめなさいまし。相手は手練ればかり。勝てばいいですが、負ければ場合によっては二度と剣を握れない体になるかもしれませんよ」

ふざけた言い方だ。金貸しはわざとらしくため息をついて続けた。

「私は大竹様のことを考えて、申し上げているんです」

「どけっ。返済日までは、二度と顔を見せるな」

告げて河岸の道を歩いた。腹立ちは収まらない。早足で歩くことで、身の内に渦巻く怒りを抑えた。

仙台堀を北へ渡り、小名木川に架かる万年橋の袂に出た。川の向こうには、新大橋が見える。

「誰か、助けて」

ここで女の叫び声を聞いた。橋袂に近いところで二十代半ばの女が、破落戸二人と浪人者一人に、土手へ連れていかれようとしていた。女は派手な身なりで、芸者なのかと思った。

本音をいえば、厄介なことには関わりたくなかった。

そのまま行き過ぎようとしたとき、初老の町人に声をかけられた。

「お武家様、助けてやってくださいまし」

「うむ」

急ぎたいところだ。しかし周囲に、助けられそうな者はいなかった。

仕方がないので、駆け寄った。救ってやらなくてはなるまいという気持ちもあった。

「やめろっ」

女は、すでに河岸の道から川端へ下りる坂に連れられている。船着場があって、小舟が舫ってあった。

「うるせえ」

浪人者は、刀を抜いた。荒んだ気配の、不逞浪人である。大竹を、若侍と舐めたのかもしれなかった。

「やっ」

浪人者は斬りかかってきた。こうなると、大竹も刀を抜かないわけにはいかない。

しかし浪人者は、大竹の相手ではなかった。あっという間に、峰で小手を打った。

「うわっ」

握っていた刀を落とした。けれどもその間に、破落戸二人は、女を引きずって船着場へ下ろしてしまった。

女は声を上げ、両手をばたつかせて、精いっぱい歯向かっている。しかし男二人が相手では、どうにもならない。ついに地べたに押し倒された。

大竹が駆け寄ると、二人は逃げ出した。浪人者を瞬時に倒した腕を、怖れたらしかった。

「大丈夫か」

納刀したところで、女に声をかけた。女は立ち上がれないでいる。

「いえ、ちょっと」

どこかを痛めたように見えた。仕方がないので、大竹は女の腕の下に肩を入れて抱え起こした。そこへ足音が聞こえた。

現れたのは、房のない十手を手にした、中年の土地の岡っ引きだった。

「お武家さん。何をなさるんで」

知らせを聞いて駆けつけてきたらしい。しかし目つき口ぶりから、大竹が女に狼藉を働こうとしたと見ている気配だった。

「それがしは、助けに入っただけだ。こちらの女子(おなご)に訊けばわかる」

「本当かね」

岡っ引きは、女に確かめた。

大竹は、これで疑いが晴れると考えた。さっさとこの場から離れたい。

「い、いえ。このお侍が、いきなり私の手を握ってここまで」

「何と」

仰天した。女は、襲ったのは大竹だと証言したのである。

「おかしいですね。あっしもお侍が酷いことをしていると聞いて、ここへ来たんですがね」

岡っ引きは、疑わし気な目を向けた。

「それは浪人者だ」

苛立(いらだ)つ声になったのが、自分でも分かった。

「ともあれ、自身番までお越しくだせえやし」

「いや。それがしは、これから伝通院へ参らねばならぬ」

「しかしね、女はお武家さんから狼藉を受けたと言っている。他にもそう口にした者がいた。このままじゃあ、済みませんぜ」

そう告げられると、自身番まで行かないわけにはいかなかった。

自身番へ行って、岡っ引きは改めて女に状況を尋ねた。

「あたしは、大川の河岸道を歩いていたんですよ。そうしたら、このお武家様があたしをじろじろ見ていて。それから近づいて来て、あたしの手を握ったんです」

女はありもしないことを、いけしゃあしゃあと話した。

「おのれっ」

ここで大竹は、嵌められたことに気がついた。

「この女は嘘をついている」

主張をしたが、岡っ引きは信じない。女を抱き起こそうとした姿を見ていたからか。

「河岸の道では、他にも浪人どもが無体を働く様子を見た者がいるはずだ。それを捜せ」

人通りは少なかったが、何人かは歩いていた。近所には家もある。

「じゃあ、一緒に廻っていただきましょう。はっきりするまでは、放すことはできませんぜ」

日暮れまでには、まだしばらく間がある。振り切って逃げることもできないわけではなかったが、それをすれば後が面倒だと考えた。自分は助けに入っただけだ。それを見ていた者は必ずいる。

女は自身番に預けた。

近所を、問いかけをしながら歩いた。

「そういえば、女の悲鳴が上がりましたね」

町を廻る豆腐屋の親仁(おやじ)が言った。しかし浪人者や破落戸二人の姿を見たわけではなかった。すぐには、大竹の白を裏付ける者は現れなかった。

「おかしいぞ」

辰蔵は呟いた。日は西に傾き始めている。けれども大竹が現れない。

「何をしているのか」

立ち合えば強敵になるのは分かっていたが、大竹家の事情も伝え聞いていた。剣士仲間では、必ず来ると話していた。

それが、いまだに現れなかった。暮れ六つの鐘が鳴るまでに申し込みをしなければ、大会には参加できない。

辰蔵は、大竹が現れるのを待っていたのである。

人足寄場のための百両を得るためには、競争相手は少ない方がいい。しかし自分は剣士だという矜持（きょうじ）がある。たとえ強敵であっても、試合に勝って賞金を得たいと考えていた。

他流試合ができる機会など、めったになかった。勝敗は時の運だ。容赦はしないつもりだが、大会に出られないのは無念だろう。

「それにしても、遅いぞ」

あと一刻半（三時間）ほどで、日が落ちる。主だった剣士はすでに申し込みを済ませ、境内にいる侍は、警固の高岡藩士だけになった。

胸騒ぎがした辰蔵は、深川へ向かうことにした。

屋敷の場所は、聞いたことがあった。油堀南にある武家地へ行って尋ねると、大竹の屋敷は分かった。手入れのできていない古びた建物を目にしただけで、大竹が追い詰められていることが伝わってきた。

声をかけると、姉らしい女が出てきた。

「真十郎は、とうに伝通院へ向かいました。ですがまだ戻りません」

大竹の姉は案じ顔で言った。

何かがあったのは、間違いなかった。

四

辰蔵は大竹の姉多代に告げると、屋敷を出た。伝通院へ行くには両国橋を渡るはずだと多代から聞いた。

その道を走って来た。町に変わった様子はなかったが、道々で、若侍が悶着に巻き込まれるようなことがなかったかを尋ねながら引き返すことにした。

「捜しましょう」

「さあ」

油堀の近くでは、気がついた者はいなかった。

そこで辰蔵は、大川沿いの町の自身番を当たってみることにした。油堀を北へ渡った佐賀町、そして次の今川町の自身番に声をかけた。

「何か悶着があったという知らせは、聞いていませんが」

問いかけた書役は答えた。仙台堀を渡って清住町、そして小名木川に架かる万年橋の手前の海辺大工町の自身番へ行った。するとここでは、困惑顔の書役が建物の外に出て、周囲に目をやっていた。

「いかがいたした」

「はい。女の姿が見えなくなりまして」

事情を訊いた。

「大竹と名乗る若侍が、女に乱暴をしようとした疑いで、土地の親分さんに連れてこられました」

「そうか」

やはり変事が起こっていた。事件の詳細を書役から聞いた。

「それで大竹殿は」

「親分さんと、悶着の場を見た者を捜しに出て行きました」

そして狼藉を受けた女を、自身番に留め置くように言われていたが、わずかの間目を離した隙に、消えてしまったというのだった。

「見ていた者は、まだ見つからないのだな」

「そのようで」

大川に沿った道は、人通りが途切れることはまずない。誰かが見ているはずだが、通り過ぎただけならば、この近くの者ではないとなる。

何であれ大竹が、女に狼藉を働くなどありえない。今の大竹にとって何よりも大事なことは、剣術大会出場の届を出すことだ。

「何者かに、嵌められたのだな」

と気がついた。優勝候補と見なした大竹を、出させないように企んだ者の仕業だ。

気が急いてはいても、実直な大竹は、疑いを晴らそうとして目撃者を捜しているのだと察した。

「どのあたりを捜しているのか」

「仙台堀の方へ行きましたが」

辰蔵は、大竹と岡っ引きを捜すことにした。

「このようなことで時を潰すとは」

腹立たしかった。西空の日は、だいぶ落ちてきた。

清住町で尋ねると、二人は四半刻（三十分）前くらいにやって来たという。それで仙台堀河岸を渡って、今川町へ出た。

「おお、いたぞ」

ここでようやく、二人に会えた。辰蔵は駆け寄った。

「この御仁は、女を襲ってはいないぞ」

岡っ引きに告げた。焦ってもいたから、ややきつい言い方になった。

「どうしてそれが、分かりますんで」

むっとした顔で、岡っ引きは返した。

「大竹殿は、剣術大会の申し込みをいたさねばならぬ。女にかまう暇などない」

「さあ、どうですかねえ」

疑いの目を向けてきた。

「それにな、自身番の女は、どこかへ姿を消したぞ」

「えっ」

岡っ引きは驚いたらしかった。

「女は何者かと謀って、大竹殿をこの場にとどめるために、一芝居打ったのだ」

「しかしね、見た者が」

「女が逃げたのが、何よりの証拠ではないか」

辰蔵は決めつけた。岡っ引きはそれでも、不満そうな顔をした。

「拙者は、長谷川平蔵の倅辰蔵である。文句があるならば、屋敷へ来い」

「それは」

目を丸くした。岡っ引きの態度が露骨に変わった。本所深川は、火盗改役長谷川平蔵の庭のようなものだ。

「知らせに来たのは、どのような者か」

「どこかの屋敷の中間でした。部屋住みらしい侍が、狼藉を働いていると」

「その中間が、企みをした者の手下であろう」

と確信した。

大竹が携えていた剣術大会の申し込みに必要な書類を、辰蔵は岡っ引きに見せた。

「これからすぐに、届けに参る。よいな」

「へえ」

岡っ引きは頷いた。

「急ごう」

日は、前よりもさらに西空の低いところに移っていた。辰蔵と大竹は、小石川の伝通院へ向かって走った。

「日よ、沈むな」

辰蔵は走りながら、声に出した。前を行く者を突き飛ばすわけにはいかない。避けながら進んだ。

評判の大竹真十郎は、夕暮れどきになっても伝通院へ姿を見せなかった。正紀は落ち着かない気持ちで、山門に人が現れないか何度も目をやった。

「あの者は、一番になることも考えられる。出ないとなると、にんまりとする者もいるであろう」

様子を見に来た長谷川が言った。室内はもう、明かりがいるほどだ。

「そろそろ、暮れ六つの鐘が鳴りますね」

源之助が不安げに呟いた。すでに境内には薄闇が這っていて、人の姿はない。

文机を片付けようとし始めたとき、ようやく辰蔵と大竹が山門内に駆け込んだ。そしてその直後、暮れ六つを知らせる時の鐘が鳴った。

山門の扉が、高岡藩士の手によって閉じられた。

「お願いいたす」

大竹は、申し込みの紙と師範からの推薦状を差し出した。深川から走って来たのである。鍛えているにしても、さすがに息を切らせていた。

「確かに、お受けいたす」

紙と推薦状を検めた源之助が言った。これで大竹真十郎の参加が決まった。

受理した人数は、大竹を含めて四十一人だった。遅れたわけを聞いた。

「指図をした者の、見当はつきまするか」

「はっきりはしませんが、猪原伝之丞ならばやるかもしれませぬ」

正紀の問いに、辰蔵が答えた。

猪原の腕は見事だが、傲岸で負けず嫌い。試合の前に、強敵を潰そうとするくらいはやりそうだと言い足した。

「人を雇う銭もあるわけですな」

「はい。海辺大工町の岡っ引きのところへ、騒ぎを知らせたのは、武家の中間だったそうです。中間を使えるのは、高禄の家の者でなければできませぬ」

「となると、辰蔵殿も気をつけなくてはなりませぬな」

対立する弓組として、こちらの企みを潰したいと考えるだろう。

「はい。諸事に、心してかかります」

ともあれ参加者が決まったことについては、胸を撫で下ろした。無役微禄の家から、家禄千五百石の旗本家の子弟までが参加する。

「催しの中身としては、上出来ですな」

在正も安堵の顔を見せた。

参加者の名と流派を板に書いて、山門前に掲げた。その横には、寄進をした者の名と金額を記した板も並べている。新たな寄進者が現れれば、それに書き足してゆく。

「並んだ剣士の中から、何人辞退するか」

長谷川が言った。錚々(そうそう)たる名を目にして、怯む者が出るだろうという予想だ。金にもならず、怪我だけしては間尺に合わない。

正紀は参加者が決まったことを、宗睦と睦群、滝川にも文で知らせた。在正は、寺社奉行に報告する。

これで参加者が公になる。定信や他の幕閣も目にすることになる。

さらに正紀は、山野辺にも詳細を伝えた。

「寺の中のことには関われぬが、外のことならば力になろう」

と言ってくれた。

五

翌々日、屋敷を出た正紀は、上野広小路の雑踏で読売が売られて人だかりができているのに気がついた。

「ずいぶんと売れていますね」

供の植村が言った。気になったので、近づいた。

「ご直参の剣術試合だぜ」

「どれどれ」

面白がった町人が買っている。

「読売屋も、抜かりなく稼ぎますな」

そう言って、源之助が一枚買ってきた。

『勝ち抜けば百両　手に入れるのは　いずこの流派か』

大きな文字が躍っていた。尚武の志よりも、百両の賞金の方が市井（しせい）の者には気になるらしかった。参加者の名が記されている。

伝通院の山門前で、書き写してきたようだ。ご丁寧に、勝ち抜きそうな者の名も十名ばかり挙げていた。

「おお、長谷川辰蔵殿の名も、勝ち残りそうな者の中に挙がっておりますぞ」

植村が嬉しそうに言った。前に名が挙がった猪原や大竹の他にも、剣士の名が記されていた。

「剣の腕前まで、よく調べましたね」

源之助が感心した。

「おれたちも、試合を見てえな」

「いや、それは駄目だ。町人は、高い寄進をしたやつだけだ」

そういうことは読売には書いていないが、どこかで聞いてきた者が交じっていた。

「でもよ、試合がどうなったかは、読売で知らせるらしいぜ」

「ならば誰が勝つか、賭けるか」

「そりゃあいい。二十文でどうだ」

盛り上がっている。

正紀たちの目的は大潮と野分で被災した人足寄場の復興だが、剣術大会は、町人たちには娯楽となっていた。

それから正紀らは、伝通院へ足を向けた。大名や旗本、御家人の見物は在正が受け付けていた。

「いかがでございますかな」

「出場者が決まってから大名が四家、旗本家や御目見でない方々の見物申し入れが増えました」

在正は、ほくほく顔で言った。それで出かける前にした佐名木とのやり取りを思い出した。

「あの御仁はしっかりしているとの噂ですから、見物の大名や大身旗本からは、寄進を受け取るのではないですか」

なるほどと思いながら、正紀は話を聞いたのだった。

「それは仕方がない」

伝通院を使えることで、剣術大会に箔がついたのは明らかだった。百両の件も含めて、苦情を入れたり、分け前を求めることはしない。

主だった見物人の名を記した一覧を、見せてもらった。

「ほう、これは」

その中に老中鳥居忠意の名があって、正紀は驚いた。定信の側近で、猪原の縁戚に当たる者だ。

「こうなると猪原伝之丞殿は、負けられませぬな」

「それぞれ思いは、ございましょう」

在正は返した。

翌日、高岡藩上屋敷の正紀のもとへ、日本橋の足袋問屋の番頭が訪ねてきた。前に剣術大会への寄進について頼みに行って、あっさり断られた店だった。

「今さら、何でしょう」

話を聞く前から源之助は、不満な顔をした。ともあれ正紀は、会うことにした。愛想のいい中年男で、上物の羽織を身に着けている。

「その節は、たいへんご無礼をいたしました」

掌（てのひら）を返したような低姿勢だった。

「此度の剣術大会について、わたしどもに思いが至らないところがございました。お詫びいたしますと共に、改めて十両の寄進をさせていただきたく存じます」

「なるほど」

追い返せば気持ちがいいかもしれないが、それはしない。今は十両がありがたかった。

「試合をご覧になりたいというお客様がありますす」

十両で三人まで見られる。それが目当てらしかった。

「分かった。伝通院山門前の板には、その方の店の屋号も書き加えよう」

「ありがたく存じます」

正紀が書いた受取証を懐に入れると、引き上げて行った。

「勝手なものでございますな。評判を聞いて寄進を言ってくるとは」

「まことにな」

源之助の言葉に、正紀は頷いた。これまで高岡藩では、十両を得るためにどれほどの苦労をしてきたか。それを考えると、穏やかならざる気持ちになる。

「しかしな」

舞台は将軍家ゆかりの無量山伝通院で、老中から文武奨励の触が出た直後の直参による剣術大会だった。一万石の所帯と比べる方がおかしいのだと考え直した。

「ああいう手合いが、また来るでしょうか」

「来たならば、喜んで受け入れようではないか」

「まあ、そうでございますな」

源之助も、頭の中で算盤を弾いたらしかった。これで二百六十四両となった。

さらに翌日、今度は四谷の繰綿問屋の主人が、正紀を訪ねてきた。

「剣術大会の評判、恐悦に存じます」

この店には、訪ねたことがなかった。噂が高まっていることを知って、足を運んできたという。顧客に、見物をせがまれたのかもしれない。

十両の受取証を受け取って引き上げた。

「あと、二十六両ですね」

源之助が言った。

「いや、三十両は欲しいな。他にもこまごまとした費えがかかっているぞ」

正紀も欲が出てきた。多ければ多いに越したことはない。

「もっと来い」

植村は力んだ。

次の日も、一軒現れた。京橋の書肆（しょし）商いの番頭がやって来て、二両を置いて行った。

「見物は、いたさぬのか」

「はい。お気持ちでございます」

番頭は答えた。早々に引き上げて行った。屋号だけ、寄進者の中に入ればいいという考えらしかった。

剣術大会はそれなりに評判になったが、新たに寄進を申し出てきたのは、それだけだった。

「やはり、三十両近くが足りないですね」

植村はぼやいた。

「三人の見物で十両というのは、寄進の気持ちがない者には高いのでしょう」

源之助の言葉は、正紀の実感でもあった。

六

そしてついに、剣術大会前日となった。正紀は朝から、源之助と植村、それに五人の高岡藩士を伴って、伝通院へ向かった。藩士たちには、明日の大会の準備をさせる。できるだけ高岡藩士を使いたくなかったが、費えのことを考えると人を雇うことはできなかった。

「出場辞退を申し出てきた者は、どれほどの数になったでしょうか」

歩きながら、源之助が話しかけてきた。これは、正紀も気になっていたことだった。出場申し込みをした者は、合わせて四十一人いた。しかし当日現れない者があることを見越して、辞退者は前々日までに伝通院へ申し出ることになっていた。

「まさか半数になることはあるまい」

とは答えたが、十人近くは参加を取りやめるかもしれなかった。あまりにも参加者が減ると、尚武の意義が失われる。

だから伝通院へ行って在正に会ったとき、まず尋ねたのはそれだった。

「昨日までに、辞退の知らせは九人ござった。したがって三十二人による勝ち抜き戦となりますな」

在正が言った。第一回戦が十六試合で、その勝者同士で行う第二回戦が八試合となる。第三回戦が四試合、準決勝二試合の後に決勝戦となる。総数は、三十一試合だ。

「ちょうどいい試合数ですな」

在正はすでに、大きな板二つに対戦表を拵えていた。一つは境内の試合場に、もう一つは山門前に掲示する。外の者にも、結果を知らせるという配慮だ。

その表の、一回戦のところに数字が書いてある。在正は正紀に、紙縒りの束を見せた。

「ここには、一から三十二までの数字が書いてござる。これを出場する剣士の方々に引いていただきまする」

辞退者が出ることを予想していたので、まだ対戦相手は決めていなかった。明日一同が集まったところで、各剣士が引いた紙縒りの数字のところに名を記してゆく。紙縒りを引く順番は、申し込み順だ。

「それで対戦相手が、はっきりするわけですな」

「さよう」

第一回戦で前半第一試合から第八試合までに出る者は、後半第九試合から第十六試合までに出る者と、決勝に出るまで戦うことはない。

その場は緊張するだろう。しかし一同が見ている前で自分が紙縒りを引くのだから、対戦相手について後で苦情を申し立てることはできない。

試合場は本堂前の広場で、正紀が高岡藩士を指図して縄を張り、充分な場所を確保する。その外側が見物場所だ。一番見やすい本堂を背にしたところに、旗本用の床几を置く。これは寺で用意する。御目見は八十人ほどだとか。

この両脇が御家人用で四百人ほど。その他に、大名についてきた家臣が見物をする。ここには正紀が莫蓙（ござ）を敷くことになった。そして本堂の反対側に、町人のための席として藁筵（わらむしろ）を敷く。

雪隠も、身分によって分ける。誰にどこを使わせるかは、在正と正紀が相談した。

打ち合わせを済ませた正紀らは、人足寄場へ向かう。昼四つ頃までには、境内で使用する縄や杭を用意すると長谷川から伝えられていた。大槌や鳶口（とびぐち）などは、火盗改のものを使わせてもらえる。

行くと、すでに必要な品は、二艘の舟に載せられていた。作業に当たる柿色の仕着せを身に着けた人足十人も揃っていた。

「かたじけない」

「いやいや、これくらいのことは、いたさねばなるまい」

長谷川は、日焼けした顔をほころばせた。ようやくここまで来たという気持ちだろう。

大会が済んでも、辰蔵が優勝しなければ百両は人足寄場のものにならない。しかし足りないのは三十両余りだから、そのときにはまた考えようと話していた。

長谷川はめげない。愚痴を零すこともなく前向きだ。そこは学ぶべきところだと思った。

人足五人ずつが舟に乗り込んだ。船頭は、寄場の者だ。正紀と植村が先頭の舟に、後ろの舟に源之助が乗った。辰蔵が船着場で見送った。

「では、参ろう」

一同が乗り込んだところで、正紀が声を上げた。空は曇天で風もあったが、雨が降ってくるわけではなかった。

艪の軋み音が響いて、舟は島から離れた。

波は多少荒かったが、大川に入ると揺れはだいぶ収まった。とはいえ、船体は時折大きく揺れた。このまま大川を上り、神田川へ入る。小石川御門北の市兵衛河岸で荷を下ろして、後は荷車に積み直して伝通院まで運ぶ段取りだった。

「後ろの舟が、ちと遅れていますね」

永代橋を潜って少ししたところで、舟の後ろに目をやっていた植村が言った。新大橋の前後は、大川は大きく弧を描いて曲がる。いつの間にか、後ろの舟が見えなくなっていた。

向かい風が強くなっていて、川を上る舟は艪捌きによって進み方に違いが出る。何か叫び声が聞こえたが、風が強くなっていて気のせいかとも感じた。

「姿が見えるまで待とう」

正紀は舟を止めるように命じた。しかし後の舟はついてこない。それで引き返すことにした。

永代橋を潜ったあたりから、前の舟に遅れた。しかし源之助は、慌てたわけではなかった。前を行く舟が曲がって見えなくなっても、船頭役を急かさなかった。

すぐに追いつけると思っていた。

しかしいきなり、曇天の空から何かが飛んできた。

「ううっ」

艪を漕いでいた人足が倒れた。一呼吸するほどの間だ。何かと目を凝らすと、矢が肩に突き刺さっていた。

「しっかりしろ」

乗っていた人足たちが浮足立った。源之助は周囲を見回したが、弓を持つ者の姿は見当たらなかった。しかし二艘の空の荷船が、ぐいぐい近づいてくるのは見えた。船首がこちらを向いている。船頭は武家で深編笠を被っていた。顔は見えない。

「ひいっ、ぶつかって来るぞ」

人足の一人が叫んだ。

船頭を失った舟は、逃げることもできない。舟は左右に揺れていて、まだ誰も艪を握ることができないでいた。

なすすべもなくいる間に、近寄って来た一艘が、こちらの舟の横腹にぶつかった。

「わあっ」

衝撃で、こちらの舟は大きく揺れた。源之助もばさりと水を被った。源之助と人足たちは、船端（ふなばた）にしがみついた。

そこへもう一艘の舟もぶつかってきた。

「おおっ」

引き返した正紀らが目にしたのは、激しく揺れる舟に一艘の舟がぶつかろうとしているところだった。人足たちが、喚声を上げている。

こんなことになっていようとは、考えもしなかった。

「舟を寄せろ」

正紀は叫んだ。すでに一度、源之助らの舟は他の舟に横腹をぶつけられていた模様だった。その舟は逃げてゆく。そして正紀が叫んだときには、もう一艘の舟が、船首を源之助らの舟の横腹にぶつけてきた。

「うわっ」

叫び声と共に、ついに舟は横転した。ばさりと大きな水飛沫（みずしぶき）が上がっている。源之助や人足たち、そして積んであった杭や縄も荒れる川面（かわも）に投げ出された。

「泳げる者はいるか」

「へい」

三人が応じた。植村は泳げない。

「よし。飛び込んで、泳げぬ者を救え」

「はっ」

寄場の人足たちは次々に飛び込んだ。杭や縄も惜しいが、それより人足たちの命を救いたかった。腰の刀を外した正紀も、川に飛び込んだ。前の舟にも泳げる者は乗っているようだ。溺れる者を救おうとしていた。

正紀は、横転した舟に泳ぎ寄った。源之助ともう一人の人足で、横転した舟を元に戻した。杭や縄などは、流されてしまっていた。

「泳げぬ者を乗せろ」

手分けして人足たちを舟に押し上げてゆく。

「弓で射られた怪我人がいます」

源之助が言った。

怪我をした上に水を呑んでいたが、命に別状はなさそうだった。とはいえ、そのままにはできない。すぐにも手当てが必要だ。

「他に、流された者はいないか」

「それは大丈夫です」

それを聞いて、ようやくほっとした。正紀も舟に乗り込んだ。空舟に怪我人を乗せ、寄場へ戻らせることにした。

「行け」

無事だった者に、艪を握らせた。その舟を見送ったところで、激しい怒りが胸に渦巻いた。

「おのれっ」

とはいえ、賊の舟の姿はすでにない。残った杭と縄は、伝通院へ運ばなくてはならなかった。船頭の人足に、神田川へ向かうように命じた。

そこで源之助から、起こった出来事の顚末を聞いた。

「するとまず、何者かが遠方から船頭を射たわけだな」

「見事な腕と存じます」

射手を捜したが、見当たらなかったそうな。

「ぶつかってきた二艘の舟は、我らの舟を待ち伏せていたのだと存じます」

話を聞く間も、正紀は周囲に目をやった。再度襲われることが、ないとはいえない。

しかしそれはないまま、舟は両国橋を潜って神田川へ入った。

西へ向かって進み、市兵衛河岸で舟を停めた。すぐに荷を下ろし、高岡藩で用意していた荷車に載せ直した。正紀らも同道して、伝通院へ運んだ。

すぐに杭打ちに取り掛かる。

「しかし半分足りないぞ」

大会は明日だから、今日中に用意を済ませなくてはならない。人足によると、すでに人足寄場に余分はないという。後を源之助と植村に任せて、正紀は高岡藩上屋敷へと戻った。

佐名木に会って事情を伝え、杭と縄を手に入れる手立てはないかと尋ねた。

「屋敷内にあるものは使えまする」

しかしそれでは足りなかった。そこで次は、深川の長谷川平蔵の屋敷を訪ねることにした。

屋敷を出ようとすると、佐名木に止められた。正紀は濡れた着物のままだった。京から乾いたものに着替えるようにと、召し物が用意された。

「いや。他の者も、濡れたままだ」

「そちらの分は、伝通院へ届けるとのことです」

それで正紀は、乾いたものに着替えた。京の迅速な措置に感謝した。

正紀は神田川まで走って、そこから猪牙舟に乗った。大川を横切って竪川に入り、長谷川屋敷を訪ねたのである。

人足寄場にいた長谷川だが、深川の屋敷に戻っていた。舟で戻った人足から事情を聞いて、移ったのだという。

「こういうことも、あろうかと思いましてな」

すでに杭と縄を用意していた。屋敷には盗賊を捕らえるための手立てとして、備蓄があったのである。それらを使えば、どうにか間に合いそうだった。

長谷川家の舟で、火盗改方の与力が同乗して、杭と縄を伝通院へ運んだ。とうに九つ（正午）を過ぎていたが、作業は続けられた。

夕七つ（午後四時）には、会場の支度をすべて調えることができた。

「とんでもない真似をするやつらだ」

下手をすれば、死人が出た。思い起こすだけでも、正紀は腸（はらわた）が煮えくり返った。

「用意ができず、中止になれば、寄場を守ることができなくなります。それだけではなく、正紀様のしくじりにもなりまする」

源之助が続けた。宗睦や尾張一門の期待がある。

「猪原らは、溜飲（りゅういん）を下げたでしょうな」

植村は、猪原の仕業だと決めつけた言い方をしていた。

船頭を射た矢は、遠方からのものだった。しかも動く標的を射てきた。並みの者の腕ではない。

猪原組の者の仕業だと考えないわけにはいかなかった。

「しかしこれで、大会は開けるぞ」

何が起こるか分からないので、正紀と源之助、植村、それに高岡藩士の五名は、伝通院に泊まることにした。交代で見張る。

第五章　負けた後

一

伝通院では、何事も起こらないまま一夜が明けた。開門は朝五つ半（午前九時）で、試合は四つから始まる。山門前には、扉が開かれる前から、見物の直参や町人が姿を見せた。

もちろん野次馬らしい姿の者もいた。

矢立を手にした、見るからに読売の書き手らしい者の姿もあった。それらを当て込んだ、饅頭と茶を売る者までいるのには正紀も驚いた。

「逞しいですね」

源之助も声を漏らした。

「あいつらは、賭けでもしているのではないですか」

植村が指さしたのは、どう見ても遊び人や破落戸としか思えない十代後半から四十代くらいまでの目つきのよくない男たちだった。境内に入って見物する者とは思えない。

「読売が出る前に、勝負がどうなるか見ようというわけですね」

「あれで一儲(ひともう)けするつもりなのでしょうな」

源之助よりも植村の方が、町の者の気持ちは分かるようだ。

正紀は開門前、在正と会場を改めて見廻った。現れる大名や旗本たちの控えの間も確かめた。旗本は外に置いた床几だが、大名は屋根のある回廊に畳を敷いて席を用意していた。

剣術大会ではないが、伝通院では大名旗本が集まることは少なくない。在正は、催し物を行うのに慣れている様子だ。

空は昨日に引き続き曇天。今にも降りそうだが、大会は雨でも行う。

そしてここで、使者から在正へ驚くべき知らせが入った。将軍家斉公と滝川が、お忍びで姿を見せるというものだった。

「そ、それは」

聞いた在正は慌てた。滝川が来るのも思いがけないが、家斉公というのは驚天動地の出来事だと感じたらしかった。

伝通院には将軍や御台所、大奥御年寄しか使わない部屋があるので控えの間はあるが、どこで見物させるかが問題になる。

「いかがいたそうか」

さすがに慌てていた。しかも今日のことである。

「本堂の扉を開けましょう。そこに御簾を用意して、内側から見物していただけばよろしいのでは」

「そうでござるな」

試合に夢中になっている多くの者は気がつかない。お忍びの見物ならば、それでいいのではないかと正紀は考えた。

境内への出入りは、目立たぬように横の門からで、人の多い正面の山門は使わない。

そわそわしながら在正は、使者にその旨を伝えに行った。

試合が始まる一刻前、大会に出る剣士は庫裏の一室に集合した。辞退をしなかった三十二人のうちには、刻限に遅れる者は一人もいなかった。

部屋はほぼ埋まっている。床の間の前に、すでに拵えられた対戦表が書かれた板が置かれている。これから剣士の名を入れてゆく。

剣士たちの表情はそれぞれだ。ふてぶてしく室内を見回す者もいれば、俯いたまま瞑目して動かない者もいる。話をする者は一人もいなかった。

ふてぶてしい様子でいる者でも、扇子を握りしめたり膝をさすったり、それなりの緊張を感じさせる仕草があった。

正紀は在正と共に、この部屋へ入った。すでに文机には筆と墨が用意されている。若い僧侶が、対戦表に名を書き入れるばかりと控えている。その横には源之助も着座していた。

審判を務める佐名木もすでに来ていて、部屋の隅で成り行きと剣士の様子を窺っていた。

「おのおの方」

在正が着座したところで、正紀は立ったまま剣士たちに声をかけた。対戦表の横に位置している。手には在正が拵えた紙縒りの束を手にしていた。

すべての者の眼差しを受けたところで、言葉を続けた。

「これより、対戦相手を決める。申し込み順で、それぞれ紙縒りを引いていただく。決まったことへの苦情は受け付けぬので、お含みいただこう」

一同は、固唾を呑んで頷いた。異を唱える者などいない。

「では、名を読み上げまする。前に出て、紙縒りを引いていただきたい。内幡寅之助殿」

源之助が、帳面を検めながら名を読み上げた。凜としたよく通る声だった。

内幡が、前に出てきた。正紀が紙縒りの束を差し出した。内幡はわずかに躊躇ってから、一本を抜き取った。

「広げていただこう」

正紀が告げると、内幡は緊張の面持ちで紙縒りを広げた。記されている数字を、正紀に示した。

「二十五番ですな」

正紀が読み上げると、内幡は頷いた。待機していた僧侶が、対戦表にある二十五番のところに、その名を記した。

第一回戦は十六試合行われるが、十三番目の試合となる。後半だ。

次は少年剣士の風貌を残した榧原泉之助だった。十七歳は、この大会に出る最年少だった。

源之助が名を呼ぶと、甲高い声で返事をした。緊張しているが、怯んでいるとは感じなかった。

橿原が引いた紙縒りには、一という数字が書いてあった。見ている者から、微かな声が漏れた。初戦で木刀を握ることになる。

対戦表に名が記された。

三番目に引いたのは、日下部新吾だ。これは第五試合だった。前半だ。

次々に名が呼ばれ、対戦表に名が入れられた。最初に対戦相手が決まったのは、和田倉佐平次と飯岡左門という剣士だった。

「おおっ」

声が上がった。後半の、第十一試合である。和田倉と飯岡は、顔を見合わせた。高揚した顔が赤らんだ。とはいえ言葉を交わすことも、頭を下げることもなかった。

このあたりから、対戦相手がはっきりしてきた。

対戦が決まって睨みつける者もいれば、顔を上げない者もいる。頭を下げ合う者もいた。動揺はあっても、言葉を交わす者はいなかった。

名が、次々に呼ばれてゆく。辰蔵は九試合目だった。ここから後半最初の試合になる。

大竹真十郎は十五試合目で、最後の一つ前だ。そして猪原伝之丞は七試合目だった。

前半だ。

こうなると、辰蔵は大竹に勝たなくては決勝に出られない。後半には他に、内幡や和田倉がいた。そして前半には、猪原や樫原、長平助左衛門、富田孫之助がいた。評判の高い者同士の対戦は、第二回戦以降となる。

辰蔵が猪原と対戦するのは、互いに決勝戦に残ったときだけとなった。

「では、対戦が始まるまで、ここでくつろがれるか、本堂裏手に体を動かす場を設けてござる。そちらへ参られるがよろしかろう」

ここで在正は引き上げた。その頭にあるのは、将軍の接待のことばかりだろう。これで正紀が在正と顔を合わすことは、大会を終えるまでないはずだった。

控えの部屋でじっとしている者などいない。それぞれが用意してきた木刀を手に、指定された稽古場へ出て行った。

「強敵を前にして怯んだ者もいれば、むしろ気持ちを掻き立てた剣士もいた。辰蔵殿はなかなかの腕前と見たが、誰が最後まで勝ち抜くかは分かりませぬな」

三十二名の動きを見ていた佐名木が言った。それは正紀も同感だった。

出場者の名の入った対戦表は二つ作られ、一つは本堂前広場の一角に、もう一つは山門の門柱横に立てられた。

「おおっ、決まったぞ」

見物はできなくても、気になって見に来た者は多数いた。朝よりも増えている。表の名を書き写しているのは、読売の記事を書く者と思われた。

「あちらこちらで、誰が勝つかと賭けをしているぞ」

人ごみの中から姿を現した山野辺蔵之助が、正紀に声をかけてきた。十手を腰に差して、外回りの警固に来てくれたのである。

「それぞれの腕は、分かるのだろうか」

「十文二十文賭けて遊ぶ者はいい加減だろうが、中には一両二両、それ以上を賭ける者もいるかもしれぬ。そういった連中は、念入りに下調べをするだろう」

「なるほど」

「ここで悶着は起こさせぬ」

「ありがたい」

山野辺だけではない。火盗改の与力同心も、周辺に紛れ込んでいるはずだった。試合が終わるまでは、騒動など起こさせない。

この間にも、見物の大名や旗本たちが続々と姿を現した。ご大身の行列が現れると、高岡藩士たちが、門前の野次馬をどかせる。

境内は広いから、立錐の余地もないほどではない。しかしそれでも、多数の見物人が来ていた。

出場者の親族は、場所を別にするが女も見物を許された。

その中に、貧し気な身なりの女がいた。二十歳前後だが、まだ丸髷を結っていない。その顔に、正紀は見覚えがあった。大竹真十郎の姉多代だった。

憂いのある顔だ。誰とも話をすることはなかった。

詳しい事情は知らないが、大竹家に賞金が必要なことは傾いた家屋を見れば分かった。大会を催した意図からすれば辰蔵に勝ってもらいたいが、各剣士の事情を鑑みると、それぞれの者に力を尽くしてもらいたいと正紀は思う。

多代の傍へ寄って、声をかけた。

「大竹殿には、気迫がこもっておりましたな」

「ああ」

いきなり声をかけられて驚いたらしいが、多代は一度会っただけの正紀を覚えていたようだ。

「勝ち負けはともかく、悔いのない試合をしてほしいものです」

きっぱりとした口調だった。たとえ負けても、その姿を目に留めたくてやって来たものと察した。

二

来るべき賓客は、家斉公と滝川を除いてほとんどが姿を見せた。風があり、今にも降り出しそうな空模様は変わらないが、境内に集まった見物の者たちには興奮があった。

「拙者の流派からは、日下部が出ている。あやつの腕は確かゆえ、勝ち残るのはあの者であろう」

「いやいや、和田倉でござるよ。あれは流派一の遣い手でござる」

すべての直参は、どこかの流派に属している。己の流派から出場する剣士を贔屓(ひいき)にするのは当然だろう。正紀は頷きながら、直参たちの話に耳を傾けた。

正紀の居場所は決まっていない。必要があったら、その場所へ移動する。

長谷川平蔵の姿が見えなかった。

「いかがされたか」

辰蔵に尋ねた。

ったった。

「何やら急なお役目があるようで」

驚きもしない顔で返答をした。詳細は口にしないが、火盗改の捕り物があるらしかった。

「珍しいことではありませぬ」

長谷川も大会を楽しみにしていた。だが火盗改のお役目は、そういうものだとあきらめるしかなさそうだった。

昼四つの鐘が鳴った。これに合わせて、伝通院の若い僧侶がドンドンと太鼓を鳴らした。試合の開始を告げたのである。太鼓を合図に山門の扉は閉められる。家斉と滝川以外の出入りは、潜り戸を使う。

紋付袴に白足袋姿の佐名木源三郎が、鉄扇を手にして試合場の中央に出た。落ち着いた歩みで、歳相応の安定感がある。試合については、この人に任せておけばいいという気がした。

控えの場から剣士を誘導するのは、源之助と植村の役目だ。すでに剣士の顔と名は覚えている。

「おおっ」

観衆から声が上がった。

第一回戦第一試合は、タイ捨流橿原泉之助と大東流河内山伸次郎である。声が上がったのは、二十三歳の河内山に対して、橿原が十七という歳よりもさらに若く見え、いかにもひ弱に感じさせる体軀だったからだ。

河内山の方が三寸（約九センチ）ほども長身で、体もがっしりしている。

「大丈夫か。一撃でやられてしまうのではないか」

見物人の中から、そんな声が聞こえた。しかしじっと見ていれば分かる。確かに河内山も遣い手だが、橿原も劣らない。落ち着きがあり、表情には晴れやかささえ窺えた。

緊張しているのは、むしろ河内山の方だ。

おそらく河内山は、向かい合っただけで橿原の非凡さを感じ取っているのかもしれない。相手が年少で小柄であっても、舐めた様子はなかった。そう感じ取る剣士としての嗅覚があるならば、この男の腕もなかなかのものだと感じた。

向かい合った剣士二人は礼をし、蹲踞の姿勢を取った。立ち上がって木刀を構え合った。

「始めっ」

佐名木が鉄扇を振って、声を上げた。

「たあっ」

刀身を振り上げ、初めに打ちかかったのは河内山の方だった。脳天を狙う一撃で、容赦はしていない。避けられなければ、額を割るだろう。木刀でも打ち所が悪ければ、命を失う。

それは覚悟の試合だった。

わずかに遅れた橿原だが、慌てずに前に出て、振り下ろされた刀身を斜め横に払った。迫ってくる力をまともに受けず、攻撃に転じさせる余力を体に残した。膂力では及ばないのが分かるから、次の動きにどう転じるか先を読んで動いていた。

橿原の木刀は、相手の肘を打ちにいく。しかしそれは、容易く躱された。河内山の反応も素早かった。

「とう」

避けた河内山の刀身が、さっと回転して橿原の肩先を狙っていた。

「これは」

入ったかと、正紀には思われた。しかし体を落としていた橿原は、一瞬の間を利用して、相手の腹を抜いていた。

「胴一本。勝負あり」

佐名木が鉄扇を上げて、橿原の勝利を告げた。

「わあっ」

見物人たちから、歓声が上がった。少年剣士が、筋骨隆々たる体軀の剣士を破ったのである。

次は、水府流の大柄な剣士と無外流の長身瘦軀の剣士である。同じくらいの背丈で、歳も共に二十二、三だった。

どちらも気合が入っていた。かんかんと、木刀がぶつかり合う音が響いた。

「やっ」

無外流の長身瘦軀の剣士の木刀が、大柄な剣士の右の二の腕を捉えた。ボキッと骨が折れる音が響いた。

「勝負あり」

佐名木の鉄扇が、長身瘦軀の剣士の側に上がった。これも、見応えのある試合だった。

怪我をした剣士は、すぐに待機している医者の手当てを受ける。

会場の見物席は、試合後の興奮でざわついている。しかし正紀は、本堂に頭巾を被った賓客が、在正の案内で入ったことに気がついた。その少し後には、これも頭巾を被った、打掛姿の身分のある女の姿も目に入った。

家斉と滝川が到着したのである。

回廊にいた大名たちは気がついた様子で低頭したが、本堂の外にいる旗本や御家人たちは気づかなかった。試合に夢中だ。また将軍や大奥御年寄が現れるなど、知らされていない。

伝えるなと、家斉から命が出ていた。

家斉は、直参の飾りのない試合ぶりと見物ぶりを見たいのかもしれない。正紀は滝川と話をしたい気持ちがあったが、抑えた。

試合はそのまま進む。

第五試合は、日下部新吾と鹿島新当流の石母田典助の試合だった。二十二歳の日下部は、この大会でよい結果を残し、婿の口を探す機会にしたいと話していた。優勝までは望んでいないが、初戦で負けてしまうわけにはいかない。

日下部は、決死の表情だ。石母田の方が、表情にはゆとりがあった。

「始めっ」

佐名木が声を上げた。

二人は互いに正眼に構えた。どちらも体は微動だにしない。石母田の切っ先が、ごくわずかに揺れて誘いをかけていた。後の先を狙って、気を集中させている。けれども日下部は石母田の誘いには乗らなかった。構え合ったままだ。

とはいえ日下部も、いつでも飛び出せる力を足に溜めていた。互いに押し合う気の力が、見えないところでぶつかり合っている。

そのせめぎ合いが、見ている者を力ませた。

直参のすべての者は武人であり、剣を学んでいる。二人の迫力を膚で感じて、息を呑んだまま見つめていた。

しんとして、咳をする者さえいない。

どれほどの時が経ったか、日下部の前足がじりりと前に出た。石母田は、それを待っていたのかもしれない。

「やあっ」

裂帛の気合と共に、日下部の喉を狙った一撃が繰り出された。日下部は斜め前に出ながら、この突きを凌いだ。そのまま動きを止めず、攻めてきた石母田の小手を打とうとした。

しかし石母田が、この動きを初めから計算していたかのように木刀で払って、一瞬の後には小手を打っていた。

「勝負あり」

佐名木が宣した。日下部の木刀が、地べたに落ちて転がった。

「ううっ」

呻いている。すぐには落とした木刀を拾えなかった。よい婿の口を得たいと大会に出たが、見せ場もないままに木刀を落として、一回戦で敗退するのである。

しかし勝負の世界では、同情する者はいない。佐名木に促されて木刀を拾い、礼をして試合の場から引き上げた。

一つ置いた次の第七試合は、猪原対神後流小野寺啓次郎だった。小野寺は二十二歳になる。ずんぐりとした体つきで、安定した姿勢に見えた。

ただ正紀は、小野寺には猪原に対する微かな怯みがあるのを感じた。前評判の高い相手に威圧されているのか。猪原は傲岸な眼差しで、小野寺を睨みつけている。

「腕はおれの方が上だ」

と言わぬばかりの不遜さがあった。

「始めっ」

佐名木の声がかかると、猪原は一気に前に飛び出した。様子を窺うなどは、まったくしなかった。

小野寺は身を後ろに引いて、躱す構えを見せた。しかし猪原は、それを見越したように、斜め左に回り込んで肩を打った。骨の砕ける音がした。

小野寺の体が、前のめりに倒れた。あっという間のことだ。見ている者からは、声も上がらない。容赦のない一撃だった。

「勝負あり」

佐名木の声が上がって、ようやくどよめきが起こった。とはいっても、賛嘆の声とは微妙に違った。

「そこまでやるか」

と漏らした見物人がいた。

小野寺は立ち上がれない。待機していた高岡藩士二人が、戸板に乗せて試合の場から運び出した。

前半最後が、富田孫之助と神道一心流郡司半之助の対戦となる。富田は八百石の家で、郡司家は九十俵の無役だ。十九歳である。詳細は知らないが、跡取りだから百両目当てだと思われた。

富田は小野派一刀流の遣い手だが、腕試しのつもりで出ている気配だった。

佐名木の「始め」の声が上がる前から、気迫が違った。鉄扇が振られると、瞬く間に突き出された郡司の切っ先は、富田の二の腕を打った。

富田の顔が歪んだ。前半八つの試合が済んで、八人の剣士のそれぞれの願いが消えた。

ここでしばしの休憩があり、後半の八つの試合が始まる。その最初が、辰蔵と雲弘（うんこう）流の菊坂平四郎（きくさかへいしろう）だった。

菊坂は、小柄だが俊敏な動きをすると正紀はつい最近耳にした。禄百俵の御畳（おたたみ）奉行の家の三男だ。

けれども辰蔵は、手間取ることなく菊坂を退けた。攻めてきた一撃を払って、肘を打った。打ち方に、手加減をするゆとりがあった。

試合は続く。二十四歳の和田倉佐平次は、大会に出た者の中では二番目の年長だった。次男だから婿に行かなくてはならない。戸田（とだ）一刀流の山崎太一郎（やまざきたいちろう）を、激戦の末に倒した。

内幡寅之助は、天心（てんしん）流の坂田剛次郎（さかたごうじろう）に一時は追い詰められたが辛勝した。山崎と坂田は共に跡取りだったが、無役の家だった。

そして第十五試合では、大竹と太刀（たち）流真田利兵衛（さなだりへえ）が戦った。真田は巨漢で膂力があり、初めは力押しをした。だがそのたびに躱されて、疲れが出てきたらしい。動きが鈍った瞬間、大竹が小手を取った。

大竹は切っ先を相手の小手に触れさせず、寸止めにしていた。

次の試合が済んで、第一回戦の十六試合が終了した。前評判が高かった者のうち、ここで脱落したのは、日下部新吾と富田孫之助の二人だった。

三

雪隠が賑わう。十月末日で曇天。ついに、ぽつりぽつりと雨が落ちてきた。体は冷える。

ただ各流派の指折りが集まっているから、試合は白熱していた。帰ろうとする者はいない。

試合はそれぞれの剣士の思いが絡んで進んできた。負けた剣士は、逃げるようにして伝通院から去っていった。

自分の流派が敗退して、それで引き上げる見物人もいた。しかし負けても、残りの試合を見たい者は、空模様が怪しくても残った。めったに見られない試合が続いている。

第二回戦からは、さらに洗練された試合になるはずだった。本堂御簾の向こうの貴人も、引き上げる気配はなかった。

第二回戦を告げる太鼓の音が、境内に響いた。

第一試合は、橿原泉之助と無外流の長身瘦軀の剣士である。皆が流派の一番手を破っての二回戦進出だ。白熱の試合を見られるかと、正紀はもちろん見物人一同の期待は大きかった。

どちらも凜々しく見える。初戦で強敵を倒したという自負があるから、意気盛んだった。

「たあっ」

開始の合図と共に、期せずして戦う二人の掛け声が重なった。ほぼ同時に、二人は打ちかかった。

「勝負あり」

その直後、佐名木の鉄扇が橿原のいる側に向けられた。客席からはどよめきが起きた。どちらの勝ちか、一瞬のことで見当がつかない者も大勢いる。

そして二呼吸するほどの間があって、長身瘦軀の剣士が木刀を落とした。これで見物の者たちにも、勝敗がはっきり見えたのである。長身痩軀の剣士は一瞬のうちに、左の二の腕を打たれていた。

「見事なものだ」

賞賛の声が上がった。けれどもそれは勝った橿原に対してではなく、わずかな間に勝敗を見極めた審判佐名木に対するものだった。

次は長平助左衛門と、二十七歳の心形刀流(しんぎょうとう)氏家長八(うじいえちょうはち)だった。百五十俵の無役の家で、長八は四男坊だった。今回大会に参加した最年長である。

すでに二十七にもなったら、婿の口はないといってよかった。剣の腕はあっても、厄介叔父として生まれた家で過ごさなくてはならない。百五十俵の家では、それは心苦しかろう。

この大会で勝って、百両を得るなり、微禄でも婿の口があればと考えて出てきたと察せられた。

「始めっ」

佐名木の声とほぼ同時に、氏家は飛び出した。その一撃には、これまでの暮らしの鬱憤(うっぷん)を晴らす勢いがあった。長平の額を狙っている。

避けられるのは見えているから、次の手をどうするかが勝負を決するはずだった。

予想通り、長平が氏家の木刀を撥ね上げる形で一撃を凌いだ。すでに体には勢いがついている。そのとき氏家は、長平の体の左側に回り込んでいた。撥ね上げられた刀身を、角度を変えて振り下ろした。長平の動きは、氏家が想定していたものの一つらしかった。わずかに木刀の絡む音がして、直後には、長平の木刀が中空に飛んでいた。

「勝負あり」

氏家の一気攻めだった。第一回戦を見た限り、長平と氏家の腕には、大きな違いは感じなかった。しかし二回戦では、氏家の圧勝だった。

長平は、自分の剣を振るうこともないままに敗退した。

二回戦第四試合は、猪原伝之丞と郡司半之助の試合だった。一回戦で猪原と対峙した小野寺啓次郎は、初めからどこかに怯みがあった。

だが郡司は違った。

相手は法神流の遣い手であろうが、千五百石の家の息子であろうが、気後れする素振りはなかった。前の試合が終わるのを待っているときから、郡司は猪原を睨みつけていた。猪原も、郡司を侮蔑の眼差しで見返した。

この二人は、立ち合う前から試合が始まっていた。

前の試合の決着がついて、猪原と郡司は向かい合った。すでに二人が向け合う目は、憎しみを帯びている。

そしてこれまでぽつぽつと降っていた雨が、弱いながらも一本の線になった。みるみるうちに地べたを濡らしてゆく。

しかしそれで席を立つ者は一人もいなかった。二人が放つ異様な雰囲気は、見物の者たちにも伝わっていた。

「始めっ」

声がかかると、どちらも迷いなく相手にぶつかっていった。打ち合う木刀の音の激しさは、これまでにはなかった。猪原が前に出ると、郡司は引いた。けれどもすぐに、郡司が木刀に力を込めて反撃をした。

しかも郡司は、力攻めをするだけではなかった。

時にすっと力を抜く。形としては攻められているが、そのときには次の攻めを練っていた。

猪原は、怒っていた。郡司家は家禄九十俵の無役だ。しかも二歳下である。同門なら傍にも寄れない軽輩が、怖れずに睨みつけてきた。

とはいえ、逆上しているわけではなかった。打ち合うたびに木刀を振り下ろす角度を変えていた。相手が引いたら押すというのが、猪原の剣だった。

それを察したらしい郡司が、猪原の一撃を躱した後で、体を横に飛ばした。素早い動きだった。猪原の切っ先は、空を突いた。

その隙を、郡司は逃さない。

「やあっ」

前に刀身を突き出した。二の腕を打つ角度だ。

「おおっ」

歓声が上がった。それで決まるかに見えたが、雨で足を滑らせていた。微かに動きが鈍っていた。

このとき猪原は慌てなかった。そのまま木刀を、至近距離から二の腕めがけて打った。

骨の折れる音が響いた。

「勝負あり」

佐名木が声を上げた。郡司の体は、前のめりになってよろけている。猪原はさらに踏み込んで、その肩を打とうと木刀を振り下ろした。当たれば郡司は、肩の骨も砕かれるところだった。

勝っただけでは、猪原の怒りは収まっていなかったようだ。

だがその木刀は、佐名木の鉄扇によって撥ね上げられた。

「すでに勝負はついておる。さらに打ちつけた場合には、その方の負けとするぞ」

厳たる口調だった。猪原は木刀の動きを、そこで止めた。

目は、怒りに燃えている。己への無礼を許せないというところらしいが、多数の大名旗本が見ている前だった。

ともあれ木刀を納めた。

二回戦、後半四試合の最初は、辰蔵と柳剛（りゅうごう）流の矢崎拓馬（やざきたくま）という二十一歳の剣士だった。御目見三百石の家の次男坊だ。

礼儀正しい律儀そうな男だった。とはいえ木刀を構えると、堂々としていた。足から根が生えたように、揺るぎない存在感を持って立っていた。一分の隙もない。

攻めにくい相手だった。どっしりとしているようでも、隙ありと見れば、猛禽（もうきん）のごとく攻め立ててくるはずだ。

ただ辰蔵も、焦ってはいないようだ。正統派同士の戦いとなった。かんかんと木刀が鳴る。小雨とはいえ降りやまない雨。木刀がぶつかるたびに、水飛沫が飛んだ。

辰蔵は、濡れた地べたが滑るのを気にしたかに見えた。その瞬間に、矢崎の一撃が辰蔵の面を襲った。

だがこのとき、辰蔵の体はすっと矢崎の内懐に飛び込んでいた。わずかに速く、相手の胴を抜いていた。

「勝負あり」

佐名木の鉄扇は、辰蔵の側に上がった。

真貫流の和田倉佐平次は、二回戦で勝利した。神道流内幡寅之助も、順当に一本を取った。そして二回戦の最後、大竹と二天流前原伊兵衛の試合となった。

前原は小柄だが、敏捷な動きで相手を攪乱させる。けれども大竹も、辰蔵と同様落ち着いていた。相手をよく見ていた。

二回戦に残った剣士の腕の差は、ごくわずかなものだ。ただ前原の方が、勝ちを急いでいた。大竹は前原の肩を打って、一本を取った。ここでも打ち据えてはいない。寸止めだった。

ここで休憩となった。雨は小降りのまま続いている。しかし境内は、熱気に包まれていた。

このとき剣士の出入り口近くにいた正紀は、寺の若い僧侶から声をかけられた。

「本堂へお越しくださいませ」

いきなりなので、一瞬、何事かと身構えた。声をかけてきた僧に問い返して、目通りを許されたのだと気がついた。

本堂には家斉公と滝川がいる。

家斉公には、これまで二度拝謁（はいえつ）した。一度目はまだ家斉が世子だった頃、十代将軍家治（いえはる）の求めに応じて御前試合があった。正紀はその試合に出て負けたが、家斉はその試合を見ていた。

もちろん、お言葉などなかった。

二度目は天明七年（一七八七）に高岡藩井上家の世子として、公式の御目見があった。そのときは家斉公が将軍職に就いていた。はるか彼方にいる将軍から、二、三のお言葉を賜（たまわ）った。それだけだ。

将軍は、覚えてもいないだろう。

「お召し物は、そのままでよろしいそうで」

着物は雨で濡れている。気になったところで、そう告げられた。

回廊を経（へ）て、御簾の前まで行った。御簾の内側へ入るように命じられた。内側には、家斉公と滝川がいた。こんなに近くで将軍に目通りをするなど、常ならばありえない。

緊張はあったが、滝川がいたのでどこかに安堵もあった。正紀はここで平伏をした。

「面(おもて)を上げよ」

家斉が、声をかけてきた。両手をついたまま恐る恐る顔を上げると、家斉と目が合った。震えはしないが、威圧してくる何かを感じた。

「その方、面白いことを企んだな」

「ははっ」

「正国の倅か」

言葉はそれだけだったが、自分を真の元締め役だと知っていることに驚いた。滝川が伝えてくれたのに違いなかった。

家斉は、御簾の向こうへ目をやった。去れという合図だ。正紀はそこで初めて滝川に目を向けた。一つ小さく頷いて寄こしたが、言葉はかけてこなかった。

もう一度平伏してから、正紀は御簾の外へ出た。

四

第三回戦は、四試合が行われる。正紀が試合場の、剣士の出入り口に立ったとき、開始の太鼓が鳴った。

第一試合は、橿原泉之助対氏家長八。第二試合は、石母田典助対猪原伝之丞。第三試合が、長谷川辰蔵と和田倉佐平次。第四試合は、内幡寅之助対大竹真十郎という流れになる。

「最後まで残るのは、猪原伝之丞か長谷川辰蔵か」

「いや、分からぬ。誰が勝っても、おかしくはない」

そんな声が聞こえた。正紀も同感だった。幸い雨は、止んだ模様だ。試合場に、水溜まりはできていなかった。

第一試合の橿原は最年少の十七歳で、氏家は最年長の二十七歳である。二つ勝って、あと三つ。年少の橿原には、前の試合のときよりも緊張が露(あら)わになっていた。行けると感じて、かえって気持ちが揺れたのかもしれない。

婿の口を探さなくてはならない氏家の方が、落ち着きを感じさせた。

「始めっ」

試合が始まると、氏家の攻め方が変わった。前の二つの試合で見せた、がむしゃらな攻めが影を潜めた。橿原はそれを警戒して攻め方を考えていたらしいが、戸惑っている。戦法を変えなくてはならなかったからだろう。

氏家はその戸惑いを見逃さない。面打ちを躱された後、さらに踏み込んだ。氏家の木刀が、橿原の肘を打った。橿原の顔は、青ざめていた。

第二試合が始まる。猪原は、前の試合の興奮を収めたらしかった。石母田は激情に任せて力攻めできる相手ではないと、獣の勘で察したらしかった。丁寧な攻めをして、猪原が二の腕を打った。

傲慢な質ではあっても、相手の腕はきちんと見る。その目は養われているようだった。

和田倉佐平次も次男だから、婿に行かなくてはならない。二十四歳は、そろそろぎりぎりだ。だから前の二試合では気合が入ったのだろう。たとえ負けても、よい試合をと心掛けていたと正紀は見ていた。

しかし二つ勝って、欲が出たのかもしれない。

その欲が災いしたようだ。勝ち急いで、辰蔵に面を取られた。辰蔵は寸止めをしていたが、そうでなければ頭蓋骨を割られていた。

三回戦最後は、大竹が内幡を破った。微禄の家の三男坊内幡も焦りが出ていた。力の差はさしてない以上、勝敗は運と心の持ちようで決まる。

第四回戦に出る四名が決まった。

準決勝開始を告げる太鼓が鳴った。木刀を手にした氏家と猪原が、試合場の中央で向かい合った。強敵を相手に、三つ勝ってきた者たちだ。

見物の者たちは、固唾を呑んでいる。

「始めっ」

佐名木が声を上げた。氏家は正眼、猪原は八相に構えた。

これまでに相手の渾身の試合を三つ目にした。それぞれ注意深く、相手の剣技を見定めてきたはずだった。

すぐにはどちらも動かない。いつ動くかと、見ている者は気を緩められない。長い時に思えたが、実際のところは分からない。痺れを切らしたのは、猪原の方だった。

「やあっ」

切っ先を高く突き上げると、前に躍り出た。飛び上がりざまに刀身を斜めに振り下ろした。脳天を垂直に狙わなかったのは、相手の動きを計算したからかもしれない。

氏家は横に跳んだ。迫る刀身を躱す狙いだ。猪原の動きは大きいから、躱すことさえできれば、反撃の目が現れる。

しかし猪原の刀身は、逃げる首筋を狙って追った。氏家は、間一髪でこれを凌いだ。けれども攻撃は、それでは終わらなかった。刀身は瞬く間に角度を変えた。二の腕を狙って追いかけた。

氏家の体の均衡は、初めの一撃を躱したところでわずかに崩れていた。二の腕への攻撃を凌いだところで、さらに足取りが乱れた。

猪原の動きは止まらない。三度振り下ろされた刀身は、氏家の肩に当たった。容赦のない一撃で、鎖骨が折れたのが分かった。

氏家は、そのまま前のめりに倒れた。戸板が運ばれた。

第二試合は、辰蔵と大竹である。試合の場に出た二人が向かい合って礼をすると、「始め」の声が上がった。

相正眼の構えだった。大竹も賞金が欲しいが、辰蔵にしても百両は必要だ。人足寄場のこれからがかかっている。

正紀は、ちらと本堂の御簾に目をやった。事情を踏まえている滝川は、辰蔵の勝利を願っているはずだ。ここにはいないが、宗睦や睦群もここでの結果には心を砕いているに違いなかった。

正紀は宗睦の意を受け、尾張一門の一人として、人足寄場廃止に動く松平定信一派に一泡吹かせたいと尽力してきた。

とはいえ正紀は、辰蔵が大竹を打ち倒すことを望んでいるわけでもなかった。大竹がこの大会で、小なりとはいえ御家の浮沈をかけていることを知っているからだ。

　高岡藩井上家一万石も、ご大身諸侯のお歴々から見れば、取るに足らない存在に違いない。しかし井上家と家臣たちにとっては、かけがえのない存在だった。その部分では大竹と似ている。

　大竹と自分が置かれている場は、規模こそ違いはすれ同じだ。ならば二人には、死力を尽くしてもらうしかなかった。

　ただ正紀には、尾張一門としての矜持があった。己は高岡藩の世子であり、尾張一門を支える柱の一つであることは身に染みていた。

　辰蔵と大竹は、相正眼で対峙したままどちらも動かない。石になったようだった。しかし辰蔵が動いたのは、前の試合のときよりも短い気がした。切っ先を突き出して喉元を狙った。

　もちろんそれで決まるとは、思いもしないだろう。問題は、大竹のその後の反撃だ。迫りくる切っ先を払った大竹は、前に踏み込んだ。木刀をそのまま辰蔵の鳩尾めがけて突き出した。

　次の攻めに入ろうとしていた辰蔵は、大竹の突きを躱さなくてはならなかった。肘を狙っていた様子だが、それをすれば寸刻の違いで、大竹に突かれる。

　二人は肩と肩がぶつかり合ってすれ違った。構え合った直後、間を置かず辰蔵が相手の小手をめがけて打ち込んだ。

辰蔵は、無駄な動きをしない。最短の距離で攻めた。

たいがいの者なら、それで決まる。しかし大竹の腕は、一瞬にして引かれていた。

辰蔵の木刀は空を斬った。

その直後、大竹の切っ先が辰蔵の肩先に迫った。息を吸う暇もない。正紀は目を凝らした。

大竹の切っ先が、辰蔵の肩の紙一重のところで止められていた。

「一本あり」

佐名木は鉄扇を、大竹の側に振り上げた。

「おおっ」

歓声が上がった。早業（はやわざ）と、打ち下ろさない武士道を称（たた）えたのである。

辰蔵は無念の思いを面に出した。願いは叶わなかった。

「ああ」

正紀は声を漏らした。結果は受け入れるつもりだ。しかし百両を得ることができなかった。人足寄場の存続は風前の灯火（ともしび）だった。

とはいえ、辰蔵も精いっぱいやった。ただ勝負は時の運だ。もう一度やれば結果は分からないが、それを言うのは詮無いことだった。

そして今日最後の太鼓が鳴った。決勝である。猪原伝之丞と大竹真十郎の試合だった。

試合場に、二人が姿を現した。向かい合って、礼をする。

「おお」

正紀は、そのときの猪原の顔を見て声を上げた。明らかに紅潮していた。

二回戦で郡司半之助を相手にしたときも、怒りが顔に出て赤くなっていた。けれどもそれとは違った。

猪原の緊張だと受け取った。もともと勝ち抜く自信はあったにしても、最後の試合となるとやはり気持ちが昂ったのかもしれない。大竹にもそれは感じたが、猪原が面に出すとは、正紀には意外だった。

最後の試合を、見物人たちは固唾を呑んで見ている。見物人の中に、大竹の姉多代の姿が見えた。悲痛な表情にも見えたが、慈愛と信頼も感じた。「始め」の声がかかった。

大竹は正眼、猪原は前と同じ八相の構えだった。猪原は前の試合では、その構えのまま充分に相手の動きを探った。

しかし今度は、すぐに足で地を蹴った。そのまま前に突き出した。喉を突く勢いだ。大竹はそれを奇襲と感じたらしかったが、表情が変わったのは一瞬だけだった。

前に出ながら、切っ先を撥ね上げようとした。だがその寸前、猪原は刀身を引いて、前に出た大竹の小手を打ちにかかった。

受けようとした大竹の切っ先は、空を突いている。

それで決まったかに見えたが、大竹の反応は速かった。体を斜めにして攻めてきた相手の脇に回り込んだ。そのときには腕を引いて、突き出された木刀を払っていた。

相手の動きの変化を捉え、即応している。

だが猪原の攻めは、止まらない。体が交差して再び向き合うと、構えたばかりの大竹の切っ先を払って、喉を突いてきた。受け損なえば命を失う一撃だ。

「たあっ」

これを撥ね上げた大竹は、猪原の胴を抜こうとした。しかしその動きを察していたように、木刀が大竹の小手に落ちてきた。

大竹も動きを止めずに、木刀の動きを変えた。小手を打つべく刀身の角度を変えていた。

互いに小手狙いとなった。ほぼ同時に、二本の木刀は相手の右小手を打っていた。

木刀を落としたのは、大竹だった。手の甲の骨が、折れたと見えた。

正紀は息を吞んだ。

「勝負あり」

声を上げた佐名木が鉄扇を上げたのは猪原ではなく、大竹の方だった。迷う様子は微塵もなかった。

「わあっ」

喚声が上がった。判定に対する疑問の声が交じっている。猪原も不満の目を佐名木に向けた。

「一撃は、大竹殿の方がわずかに速かった。しかし寸止めをしていたので、猪原殿には当たらなかった。猪原殿は、そのまま打ち込んだ。ゆえに大竹殿は、手の甲を打たれた」

佐名木は、声高に伝えた。猪原に聞かせるだけでなく、場内の者たちにも知らせたのである。

「そのようなことがあるか。こちらの方が速かった。だから相手は木刀を落としたのだ」

猪原は引かない。

「いや、それは違う」

佐名木は上げた鉄扇の向きを、変えなかった。

「いかにも、審判殿の申しようの通りであった。一瞬の違いで、大竹殿の方が速かった」

「まさしくその通り。大竹殿が木刀を止めていなければ、小手を打たれたのは、猪原殿の方であった」

声を上げたのはどちらも旗本で、剣術道場の重鎮と言われている者だった。勝負を見極める目は養われている。また直心影流でも法神流の門下でもなかった。

正紀も頷いた。同じ見方をしていたからだ。

「おおっ。大竹殿、お見事」

打ち据えなかった大竹を評価する声が上がった。判定に納得をしている。

こうなると、猪原も判定を受け入れざるをえなかった。猪原はこれまでも、勝ちが決まった上で止めの一撃を打とうとしたり重い怪我を相手にさせたりしていた。それに対する反発も、見物人の中にあったようだ。

「怪我をさせ、打ちのめすだけが剣の道ではないぞ」

そこまで言った者もいた。

憤怒の表情を浮かべたまま、佐名木に促された猪原は、勝った大竹と向かい合い形ばかりの礼をして引き上げた。

試合の決着がつくと、家斉公はすぐに座を立った。場内から興奮の声が消えないうちである。正紀は見送ることができなかった。この段階では、山門の扉は開けていない。

家斉公と滝川の一行が立ち去った後に、扉を開く。

続いて滝川が引き上げる。正紀は、この見送りには間に合った。大名たちも、滝川には先を譲る。

「ご苦労でした」

滝川は胸を張り、にこりともしないで正紀に声をかけた。そのまま駕籠に乗り込んだ。わずかに、覚えのある鬢付け油の香が残った。

短いやり取りだったが、滝川が満足していることは伝わってきた。これは嬉しかったが、手に入ったのは二百七十六両だった。勝ったのは大竹で、在正と共に百両ずつを得る。

正紀の手元に残る金子では、目標に二十四両足りない。

これで人足寄場は潰れるのか……。

剣術大会としての催しは成功した。しかし当初の目的を果たしたとはいえなかった。定信や幕閣は、そこを見るだろう。

「いや、見事なご差配。感服いたした」

引き上げる鳥居は、正紀には一瞥も寄こさなかった。

ねぎらいの声をかけてきた大名や旗本もいた。しかしそれは尾張一門に近い者たちだった。ここにも、政局があった。

「済みませぬ。力不足でした」

辰蔵が声をかけてきた。

「いやいや、充分な働きでござった」

百両は得られなかったが、正紀の本音だった。

見物人や参加者は引き上げた。

正紀は用意していた二百両を在正に渡し、そのうちの百両が在正から賞金として大竹に与えられた。

「かたじけない」

大竹は、今日中に借金を返済するのだとか。このまま金貸しのもとへ向かうと言った。右手の甲の骨は折ったが、これは手当てを続ければ元に戻る。剣士としての修行も続けられると、治療に当たった医者は言った。

高岡藩士と待機していた人足寄場の者が、境内の片付けを始めた。

五

見物の者たちがいなくなると、境内には静寂が戻ってきた。半刻前の賑わいが、幻のように正紀は感じた。

「おい」

寺の外で警固に当たっていた山野辺が、正紀のもとへ駆けつけてきた。

「どうも様子がおかしいぞ」

「何がだ」

「出て行った大竹を、五人の深編笠の侍がつけて行ったぞ」

大竹は百両を懐に入れている。しかも右手の甲の骨を折っていて、刀を握れない。五人を相手にできる体ではなかった。

正紀と山野辺は、源之助と植村、辰蔵を伴って深編笠の侍たちを追いかけることにした。門前町を抜けると、人気のない武家地に入った。

「五人は浪人者ではない。いずれも猪原の取り巻きあたりではないか」

山野辺が言った。山野辺は大会の間、寺の外にいたが、試合の模様については植村が話していた。

猪原は、寸刻の間で勝ちを奪われた。しかも満座の中で、寸止めをした相手の大竹が、剣士として称えられた。己は悪役になったのである。

許しがたい気持ちになったとしても、おかしくはない。

「おお、やはり」

角を曲がったところで彼方に目をやると、深編笠の侍たちが、大竹を囲んでいた。

「急げっ」

深編笠の侍たちは、わずかな問答の後に刀を抜いた。大竹も、左手で刀を抜いた。しかし利き腕ではないので、安定した体勢にはなっていなかった。

手練れとはいえ、右手がほぼ使えない。深編笠の侍たちには余裕があった。分かっていて、襲ったのだ。

「まずいな」

正紀らの足音で、五人は気がついたらしかった。驚いた様子だったが、刀の切っ先を、駆け寄る者たちに向けた。

「やあっ」

怒りの声を上げて、まず辰蔵が一人に斬りかかった。深編笠の前を、二つに割った。他の者たちも、それぞれの侍に対峙した。

正紀はその中の一人、一番身なりのよい者に向かった。着物の柄に覚えはなかったが、体つきは猪原に近かった。雨で濡れた衣服を着替えたのかもしれない。

相手は身構える前に、切っ先を正紀の心の臓に向けて突き出してきた。木刀ではなく真剣だ。刺し貫こうという勢いだった。

襲撃の邪魔をされたことに、腹を立てている。

正紀の刀身がこれを躱して、切っ先で相手の肘を突いた。間を置かない反撃だが、相手はそれを軽々と撥ね上げて、切っ先を正紀の胸に向けた。

そのまま押し込んでくる。

正紀は身を斜め後ろに飛ばした。非情な剣であっても、さすがに決勝まで残った腕だというのは分かった。切っ先が、わずかの間も止まらない。執拗に攻め込んでくる。

刀身と刀身がぶつかって、金属音が響いた。

正紀は二の腕を狙ってきた切っ先を、斜め前に出ながら上から打ち下ろした。それで肩と肩がぶつかった。正紀は腕と肩でこれを持ち上げるように押した。同時に足で相手の踵を蹴った。

「あっ」

相手の体が、それで揺れた。その瞬間を逃さない。正紀は目の前にある右の二の腕を、切っ先で裁ち斬った。鮮血が飛んだ。

深手なのは、見なくても握っていた柄の感触で分かった。

相手は体が大きく揺れ、握っていた刀を落とした。正紀は、被っていた深編笠を剥ぎ取った。勝負していたときから、猪原だとは分かっていた。

正紀は猪原を押し倒すと、右腕の根元を布で縛り上げ止血をした。襟首を摑んで、動けないようにしている。

他の者たちも、争いの決着がつきつつあった。辰蔵は相手の肩を、峰で打ちつけて骨を砕いていた。山野辺と源之助は、それぞれ相手の肘や小手を打って、刀を落とさせていた。

植村と大竹は二人で力を合わせ、相手の刀を撥ね上げた。

それぞれの深編笠も剝ぎ取った。その中で一番に年嵩だったのが、猪原家の用人須坂兵之助だった。

「その方らは、法神流の門弟だな」

山野辺が、三人の若侍の一人に問いかけた。怪我をしている方の腕を捩じり上げた。

初めは口を噤んでいたが、痛みに耐えかねたのか頷いた。

「そ、そうだ」

「百両の分け前に、目が眩んだのだな」

否定はしなかった。

そろそろ夕暮れどきになっている。

「大竹殿は、金貸しのもとへ急がれよ」

正紀は声をかけた。

「かたじけない。一人では、どうにもなりませんでした」

辰蔵を警護につけた。二人は足早にこの場から立ち去った。

正紀は、猪原ら五人を縛り上げると、目付屋敷に連行した。襲撃の模様を伝え、引き渡したのである。

襲撃の場で捕らえられたのだから、言い訳はできない。尋問の場には、正紀も立ち会った。

「その方らは、伝通院での剣術大会を見物に行った者だな」

取り調べの侍が、まず三人に質した。すでに名と家については聞いていた。三人とも禄百俵以下の家の次三男だった。

「誰に誘われたのか」

「猪原殿だった」

そこで猪原に尋問した。猪原は負けて悔しかったが、何よりも高貴な人たちの前で恥をかかされたのが許せなかったと自白した。仲間は、百両の分け前が欲しかった。手練れでも、怪我をしていたから奪えると踏んだ。

須坂は一度は止めたらしいが、猪原は聞き入れなかったそうな。

正紀らが高岡藩上屋敷に帰ったのは、暮れ六つの鐘が鳴った後となった。それを追うように、辰蔵と大竹が正紀を訪ねてきた。

「この度は、よき機会を頂戴いたしました」

晴れ晴れとした顔で、大竹は頭を下げた。礼を言いに来たのである。

無事に借金を返すことができた。姉を苦界（くがい）に沈めることなく済んだ。また猪原らの襲撃に際しても助けられた。

「長谷川辰蔵様にも、助けていただき申した」

「うむ」

「聞くところによれば、石川島の人足寄場は閉鎖の瀬戸際にあるとか。そこでお助けいただいたお礼に、三十両の寄進をいたしたく存じます」

辰蔵から、人足寄場の事情を聞いたらしかった。

「おお、さようか」

ありがたかった。頬が緩んだのが、正紀は自分でも分かった。

「お陰様にて、人足寄場は続けることができまする」

辰蔵は言った。

「うむ。何よりだ」

二人が引き上げた後、正紀は京の部屋へ行った。すり寄ってきた孝姫を抱き上げながら、正紀は剣術大会の顛末を話した。結果は知っているにしても、家斉や滝川が現れたことなど、表に出ないことは知らないはずだった。

「何よりでございますな。これで宗睦さまや滝川さまとしたお約束を、果たせました」

「まことに」

満足な夜になった。

六

翌々日の昼下がり、正紀は尾張藩上屋敷に出向いた。屋敷前の道を歩いていると、落ち葉がはらはらと舞って足に絡みついてくる。日陰を歩くと、吹き抜ける風は冷たかった。

訪問の刻限は、指定されていた。

多忙な宗睦とは、伝えられた刻限にしか会えない。それでも半刻や一刻待たされるのは珍しくなかった。

剣術大会については、大まかな点は文で伝えていた。その詳細を話すのが、今日の正紀の目的だった。

供はいつものように、源之助と植村だ。

「昨日町へ出ましたら、一昨日の剣術大会の模様を伝える読売が、たいそう売れておりました」

植村が言った。

結果を知らせる一報は、すでにその日の夕刻には出回っていた。今日売られているのは、主だった剣士のその後の様子や、昨日書き漏らした大会の様子の後報といったところだった。

決勝で負けて、その後に不祥事を起こした猪原については触れられていない。その件は、それなりの筋から、公にせぬよう指図があったと正紀は聞いた。老中に連なる家の者ならば、当然かもしれなかった。

「誰が最後まで勝つか、賭けて儲かった者もいれば損をした者もいるのであろうな」

定信の倹約を押し付ける暮らしに辟易していた者の一部は、これで溜まった鬱憤を少しは晴らしたかもしれない。大きな損をした者は、仕方がないということか。

「読売屋は、儲けたことでございましょう」

源之助は、忌々しそうに言った。

訪ねた尾張藩上屋敷では、今日も四半刻待たされた。しかしそれならば、よい方だった。

面会の場には兄の睦群だけでなく、長谷川平蔵もいて正紀は驚いた。

「井上様のお陰で、寄場の存続が決まり申した、いかい世話になり申した」

辰蔵を通してお礼の文は来ていたが、対面して改めて礼を言われた。

「うむ。正紀はよくやった。剣術大会というのは、面白かった」

宗睦は、誰が勝ったか負けたかには関心がない。ただ正紀の働きによって、定信ら幕閣が廃止しようとした人足寄場を、存続することができた。そのことに満足していた。

「定信は文武の奨励を唱えながらも、触を出して締め付けるだけであった」

「…………」

「その方は剣術大会を行うことで、直参たちの尚武の志を盛り上げた」

「はあ。ただ百両で煽ったところもございます」

そういう気持ちがあったのは間違いない。

「何の。励みになる目当てがあるから、直参どもは沸き立った」

「まあ、そうかと」

「しかもその方が集めた金子は、私腹を肥やすためのものではない。人足寄場の復興のために使われる」

この言葉は、嬉しかった。

「ははっ」

「目先の金子を惜しんで人足寄場を閉じようとした定信の鼻を明かしてやったではな

いか」

「まことに」

長谷川も頷いた。

「大会をご覧になられた上様は、ご満足をなさっておられた」

宗睦は昨日目通りをして、その話をしたのだとか。それは正紀も、伝通院の本堂で対面したときに感じた。

「老中の鳥居は、苦虫を嚙み潰したような顔で登城してきたぞ」

さも愉快そうに宗睦は言った。そして続けた。

「鳥居にしてみれば、縁者の猪原某も敗れた。しかもその後で、恥の上塗りをした。その猪原家は、人足寄場廃止を進めようとした、中心人物の一人だというではないか」

「まさしく。すっきりいたしましたぞ」

長谷川も応じた。

「さらに賞金を得た者が、人足寄場に寄進をした。向こうにしてみれば、腹立たしいことであろう」

「その猪原伝之丞でございまするが、襲った者と共に腹を切ったそうで」

た。

睦群が口にした。どこからか聞いてきたようだ。

大竹が大会の申し込みができないように、人を使って一芝居打ったことや、杭や縄を運ぶ舟を転覆させたのも、伝之丞の差し金だった。初めはしらばくれたが、襲った三人の中の一人が杭を運ぶ舟を転覆させたと自白したことで、認めざるをえなくなった。

杭や縄を運ぶ舟の船頭を射たのは、猪原組の同心だった。銭をやって手伝わせた。

猪原家は、家禄千五百石から七百石減封になるとか。

「御家が潰れなかっただけ、よしとすべきであろう」

睦群の言葉に、宗睦は当たり前だという顔で頷いた。

「しかし滝川様のお力添えがなければ、ここまでうまくはいきませんでした」

賞金を出す剣術大会ができたのは、滝川が家斉公に話をしてくれたからだ。それで伝通院を使うことができた。

「いかにも。あの方の力添えは大きい。しかしそれは、その方のこれまでの働きを認めているからであろう」

「ありがたいことでございます」

「その方のことは、格別に気に入っているようだ」

宗睦は、「格別に」というところに力を入れた。口元に笑みがあり、どこかからかう気配もあった。

宗睦のそういう表情は、珍しかった。

正紀は、腹の奥が熱くなった。

初めは無理難題を押し付けられたと感じたが、滝川は押し付けて終わりにはしていなかった。滝川が向けてくる眼差しには、正紀が単に便利に使える者というだけではない思いが込められている気がした。

高岡藩上屋敷へ戻った正紀は、早速京に、宗睦とのやり取りについて話した。ただ滝川のことは除いた。なぜか話すのが憚られた。

「人足寄場が残ったのは、江戸の町の者のためにも、また行き場のない無宿の者たちのためにも、何よりでございました」

京も家斉公が満足したことや、宗睦の言葉を喜んだ。そして京は、桐箱に入った落雁の詰め合わせを差し出した。

「どうしたのか」

「滝川さまからです」

「ほう。またか」

魂消た。役目を引き受けたときにも貰った。

「大奥の御年寄としては、取り立てての思し召しでございますな」

品を貰ったのに、京はどこか不満げな口調だった。

「ひょっとして、焼きもちを焼いているのか」

と思ったが、口には出さなかった。女の勘は、怖ろしい。

「孝姫と三人で食べようぞ」

正紀はそう言って、一つを口に含んだ。

本作品は書き下ろしです。

双葉文庫

ち-01-49

おれは一万石（いちまんごく）
尚武（しょうぶ）の志（こころざし）

2021年12月19日　第1刷発行

【著者】
千野隆司（ちのたかし）

【発行者】
箕浦克史
【発行所】
株式会社双葉社
〒162-8540 東京都新宿区東五軒町3番28号
［電話］03-5261-4818(営業部)　03-5261-4833(編集部)
www.futabasha.co.jp（双葉社の書籍・コミックが買えます）
【印刷所】
大日本印刷株式会社
【製本所】
大日本印刷株式会社
【カバー印刷】
株式会社久栄社
【DTP】
株式会社ビーワークス

【フォーマット・デザイン】
日下潤一

ISBN978-4-575-67084-4 C0193
Printed in Japan